한국문인협회 추천 시집

코로나? 코리아!

이광복 외

청어

코로나? 코리아!

코로나19 시대의 기폭제

이 광 복
(소설가 · 한국문인협회 이사장)

　새해 벽두 보지도 듣지도 못했던 해괴한 바이러스가 인류 사회를 기습했습니다. 신종 코로나바이러스 감염증(약칭 코로나19)이 그것입니다. 5대양 6대주 각지에서 숱한 사람들이 속수무책으로 쓰러졌습니다.

　우리나라에서도 많은 사람들이 이 바이러스에 감염되어 목숨을 잃거나 고통을 받았습니다. 현재도 확진자가 계속 발생하고 있습니다. 이제 사회적 거리두기, 마스크 쓰기, 손 씻기 등은 우리의 일상이 되었습니다.

　코로나19가 지구촌 곳곳으로 확산되는 동안 우리나라는 의료진의 헌신적인 노력과 국민들의 일치단결로 세계의 모범을 보였습니다. 우리나라의 의료진과 국민들이 자랑스럽기만 합니다. 우리나라는 의료와 방역의 선진국으로 우뚝 서서 세계 각국의 국민들에게 거대한 감동을 안겨주고 있습니다. 역시 우리 국민은 위대합니다. 대한민국이 세계 최고입니다.

　그렇다고 아직 안심할 단계는 아닙니다. 사회적 거리두기가 생활 속 거리두기로 다소 완화되기는 했지만 코로나19 사태는 여전히 현재진행형입니다. 관계당국에서는 코로나19의 확산을 막기 위해 집합금지명령을 발동했습니다. 여러 운동경기가 관중 없이 치러지고 있습니다. 이렇듯 코로나19는 우리 사회에 깊이 파고 들어와 우리의 생활양식까지 바꾸어 놓았습니다.

그렇습니다. 코로나19로 말미암아 시대 상황이 바뀌었습니다. 서로 얼굴을 마주 보고 살아가던 대면시대에서 서로 얼굴을 마주 보지 않는 비대면시대로 전환되었습니다. 달리 말하자면 종래의 오프라인(Off-line) 시대를 벗어나 새로운 온 라인(On-line) 시대를 맞이한 것입니다.

이런 때일수록 우리의 생활 방식도 슬기롭게 전환해야 합니다. 어디론가 나돌아 다니던 시간을 줄이고, 그 시간을 독서와 성찰과 사색의 시간으로 대체해야 합니다. 코로나19가 초래한 여러 가지 불편을 보다 유익하게 반전시키기 위해서라도 우리 모두가 책을 많이 읽어 정신적 풍요를 누려야 합니다.

이번에 출판의 명문 청어출판사가 『코로나? 코리아!』를 기획한 것은 크게 상찬 받아 마땅합니다. 이는 시대적 요청에 발맞춘 것으로, 코로나 극복을 화두로 삼아 주옥같은 작품을 쓰신 시인들에게 열렬한 응원과 박수를 보냅니다. 특히 이 시집의 필진으로 동참한 시인들은 대부분 우리 한국문인협회 회원들입니다.

단언컨대 이 시집이 국민 건강을 지키기 위해 불철주야 심혈을 기울이시는 의료진에게 작은 위안이 되리라 확신합니다. 아울러, 여기 수록된 작품들이 이 시대의 엄중한 위기를 희망의 기회로 반전시키는 강력한 기폭제로 작용하기를 기원하면서 이 시집을 널리 추천합니다. 감사합니다.

자성의 시간 속에서

책임편집 **이 혜 선**
(시인 · 한국문인협회 부이사장)

  인수공통감염병人獸共通感染病인 COVID-19(신종 코로나바이러스 감염증)가 전 세계를 강타한 지 5개월이 되었다.

  모처럼 사람들은 각기 자기 집 속에 스스로 자가 격리를 하고 자신의 내면 속을 깊이 들여다 보고 자신과 대화하는 시간을 가지고 있다.

  세계 곳곳에서 코로나19에 감염되어 고통 받고 목숨 잃는 사람이 늘어나고 우리나라에서도 많은 사람이 감염되고 사망자가 늘어나는 불행을 겪고 있지만, 바이러스는 인간에게 자성自省의 시간을 주고 있는 것으로 보인다. 사람들은 격리된 생활을 하면서 비로소 이웃과 친지와 나누던 사소한 일상의 소중함을 절감하고, 자신이 공동체 속의 일원이라는 유대감을 새삼 느끼고 있다.

  유례없는 코로나19 유행 시기를 통과하면서 청어출판사 이영철 발행인과 함께 『코로나? 코리아!』시집을 간행하게 되었다. 국내의 시인과 외국에 거주하는 동포시인 161명의 시를 모아서 코로나19를 주제로 시집을 엮는 것을 의미 깊게 생각한다.

  그동안 인간은 자연과 더불어 살아야 하는 순리를 망각하고, 오로지 자신만을 위하는 이기심으로 자연을 파괴하고 환경을 훼손하고, 우주의 순행이법을 거스르며 감히 신의 영역까지 넘보는 오만을 저질러왔다.

이러한 오만과 탐욕, 이기심을 반성하면서 겸허히 옷깃 여미는 마음들이 여기 모였다.

코로나19를 극복하기 위해 애써 오신 국민들과 관계당국과, 무엇보다 의료진들의 희생적인 노고에 감사드리면서 이 시집을 바친다. 모쪼록 이 시집이 국민 모두의 힘들고 우울한 마음을 위무해주고 작은 힘을 보태는 긍정의 메시지가 되기를 바라는 마음 간절하다.

아직도 현재진행형인 코로나19가 하루 빨리 퇴치되기를 바라며 기도한다.

코로나를 잘 이겨내고 맞게 될 포스트 코로나 시대에는 국민 모두와 세계인 모두가 물질적인 풍요만을 따라가던 이전의 삶을 반성하면서, 인문학과 문학으로 내면을 살찌워서 보다 정신적으로 풍요롭고 건강한 삶을 누리기를 기원한다.

좋은 작품을 보내주신 전국 각지의 시인들과 멀리 캐나다의 밴쿠버, 앨버타, 미국의 휴스턴, 워싱턴의 시인들께 감사드리며, 의미 깊은 책을 기획하고 발행해주신 청어출판사 이영철 대표님께 감사드린다.

차 례

1부 낯선 사회적 거리두기

2부 백의 천사 천의 손

3부 힘내라, 대한민국

4부 마스크 사기

1부

낯선 사회적 거리두기

처용님

문효치(한국문인협회 이사장(역). 시집 『대왕암 일출』 외)

코로나?
코로 나오나?
코 막고 입 막아야 되나?

잠깐
면봉으로 코와 입을 후벼내고
막아야지
코로나 코로나 하다보니
코로 역신이 드나드네

신라로 가야지
처용님, 처용님 어서 모셔와야지

마누라 빼앗기고 문밖에서 춤 췄다고
한때, 그 비열 비난했지만
코로나 때문에 어쩔 수 없네

코로나, 코로나 좀
물리쳐 주소
어찌 19는 붙어 있는데
19금도 없는
코로나 좀 데려가 주오

콧등 위에 반창고 —간호장교 김혜주 대위
나태주(서울신문 신춘문예. 시집 『꽃을 보듯 너를 본다』 외)

예쁘다
예쁘시다
콧등 위에 반창고

거룩하다
거룩하시다
사람 살리는 저 마음

고마워요
눈물납니다
우리의 자랑스러운 딸

코로나 대구를 지키는
저런 딸이 있기에
우리는 기죽지 않습니다

우리는 내일을 또
기약할 겁니다
다시 일어설 수 있겠습니다.

기회평등

유안진(『현대문학』 등단. 시집 『둥근 세모꼴』 외)

실현되었던 적 있었던가?
개도 안 물어갈 이토록 완벽한 평등이

국적 인종 종교 성차 노소 빈부… 안 가리는
이 완전 완벽한 기회평등機會平等에는
무슨 뜻이 숨었나?

왕관王冠 좋아하는 인간에게만
인간이 만들어낸 코로나19

하느님은 아시지요
그래도 가난한 이들과 노약자老弱者들이
더 고통苦痛받는 줄을.

마스크 사기 3

신호현(송파문인협회 사무차장. 시집 『통일이 답이다』 외)

개구리가 잠에서 깬다는
경칩 햇볕이 귓등 어루만지는데
코로나바이러스는 하늘하늘
아지랑이처럼 춤추었다

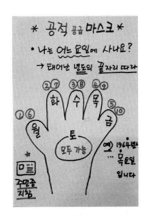

한 번도 가보지 않은 나라
대한민국에선 마스크가 없단다
정부에서 마스크 공적 판매하고
마스크 구매 요일제가 나돌았다

곰들은 마스크 쓰랬다 벗으랬다
원숭이들은 1회용을 재활용하란다
마스크 요일제 구매요령 홍보하고
국민은 몇 시간 줄서야 두 장 샀다

코로나바이러스 대란인지
자유시장 무시한 마스크 대란인지
갈수록 바이러스는 맴맴 돌고
똑똑한 술래는 더 어지럽다

코로나19의 도전

구명숙(『시와시학』 등단. 시집 『뭉클』 외)

사람 중심의 둑이 무너지고 있다
인간의 끝없는 욕망을 위해
겹겹 철벽을 쌓았지만
바이러스가 가볍게 무너뜨리고 있다

'사람이 우선'이라니!
바이러스는 ㅋㅋ 웃는다
소 멍에처럼
사람 입에 마스크를 씌우고
사람들 사이는 2미터씩 떼어놓았다

묵언 정진하라!
거짓을 너무 많이 지줄 대지 않느냐
서로 눈빛을 보고 말하라
잿밥에만 마음을 두지 않았더냐
끼리끼리 너무 많은 작당을 하지 말라

바이러스의 도전은
새 세상을 꿈꾼다

꽃들은 활짝 기지개를 켜고
제 빛깔을 내보이며 마냥 즐겁다
파란 하늘 히얀 구름
싱그러운 나무들
바다 거북이들은 자연부화하고
야생동물들이 거리를 활보한다

펜데믹은 낡은 세계화를 버리고
철조망을 넘어
인간애의 온기로
자연과 함께 공장도 학교도
새 세상을 지으라 한다

바이러스는 인간의 총으로 결코 죽지 않아!
코로나19가 나직이 귀띔해준다

2020년 천지에 봄은 오는데

이혜선(한국문인협회 부이사장. 시집 『흘린 술이 반이다』 외)

꽃을 보면 눈물 난다
격리병실 창 너머로 찍었다고
대구에서 그대가 손전화로 보내준 꽃

언제였던가
그대와 나란히 저 활짝 핀 벚나무 아래 걷던 날이
그저 웃고 얘기하며 우리들
함께 모여 마주 앉아 밥 먹던 꽃피는 시간 아래

함께 피어서 더 아름다운 수만 송이 수선화
소복소복 모여 피어나는 제비꽃동무들
너희들은 코로나를 모르니 마스크가 필요 없구나
죄 없이 웃고 있구나

신종 코로나바이러스를 불러들인 인간들의 죄와 탐욕
마스크 하나로 가려지지 않는 이기심
용서해다오
수선화야 개나리야

박쥐야 낙타야 인수공통감염병*을 모르는
너희들아, 죄 없는 이땅에 오는 새봄아
나의 죄를 용서해다오
목숨을 돌려다오, 나날의 작은 기쁨들을
돌려다오

*인수공통감염병: 동물이 가지고 있는 바이러스가 돌연변이를
　　　　　일으키면서 사람에게 전파되는 질병

오월을 그리다

전정희(한국문인협회 회원. 시집 『바람이 머문 자리』 외)

너는 여전히 잎사귀 푸릇한 물빛 나무로
나부댄다

갸웃하게 햇살 받는 들로
잎들 반짝이는 나무들 사이로
목련이 꽃잎을 떨궈낸 작은 언덕으로
사리진 너의 환한 미소가 그리운 날
나는 라일락 향이 어우러진 들녘에 서서
너의 투명한 웃음소리와
봄밤처럼 깊은 눈빛을
푸른 가슴으로 옮겨 담는다

비록
우리 아픔에 휩싸여
이리 안타까이 바라볼 수밖에 없을지라도
그렁거리는 빗길을 따라
자박거리는 소리 들려오고
천형의 먼 기다림을 따라 오고 있을
소년 같은 오월을
숨죽이며 기다리고 있다

여전히 끝나지 않을 설레임으로

「가시리」 변주變奏 -코로나19에 부쳐

김규화(『시문학』 발행인. 시집 『관념여행』 외)

오시리 오시리잇고
어이해 오시리잇고
날러는 엇지 살라 하고
한사코 오시리잇고

쉬, 여왕께서 주무신다 주유천하 피곤하여 마차에 들어앉아 꾸벅꾸벅 존다
우리는 서로 포옹하지도 말고 코와 입을 틀어막고 방안에 숨어, 지나가는 여
왕의 톱니바퀴 화려한 왕관도 훔쳐보지 말고
쉬, 여왕께서 주무신다 얼굴은 숨기고 왕관만 보인다 질투 많은 여왕이 자
칫하면 깬다 우리는 예배도 미사도 말고 목탁도 두드리지 말고 먼 눈빛만
간절히 주고받고
쉬, 여왕께서 주무신다 살짜기 방문 열고 내다보는 아이들이 울음보를 터뜨
린다 동네 축구시합이 무너지고 날마다 모이는 떡볶이집이 사라지고

모른 채 두어리 마라난
선하면 아니 갈세라
선한 님 맞이하나니
오시난 닷 도셔가쇼셔

지화자知和者 마스크

김용국(전남문인협회 회장. 시집 『차 숲에서 지화자』 외)

코로나 땜시 덜컥 나 죽어 불문
남 부끄러운 일 많애서
더 살아사 쓰겄는디
앞에 딱 서 있는 마스크 쓴 눈이 슬쩍 스친디
한밤중에 칼을 들고 내게 온 것 맹키로
소름이 짝 끼칩디다 잉
그 마스크 눈도 나를 보고 움찔한 것이
이심전심이께라?

칼 세이건 선생이
우리 은하계에 별이 10억 개 있고
그런 은하계가 10억 개라 했는디
지구 인구가 77억 명인께
둘이 만날 인연이 7700자(?) 중에 하나 제라
(1/7700 0000 0000 0000 0000 0000 0000)
이런 이웃을 무서워 한께 코로나로 말세가 될란가?
말세가 되믄 가짜 정도령이 막 나온다든디
지가 예수란 이가 70명도 넘는다데요.

우리나라는 난리 때마다 아기장수가 나온답디여.
을지문덕… 이순신… 나철… 정은경…
이참에 투표 잘 했응께
뽑아준 어른들이 잘 하시겄제라 잉
웃으면 복이 온께 웃음서 한숨 쉬다 보믄
이 고빗사위도 시나브로 넘것제라 잉

그리고 봉께
나를 아는 얼시구도 좋고
때를 아는 절시구도 좋지만
지화자知和者 화해동이가 젤이다.
내 반쪽인 아내와 버성긴 것이 영 거시기 해서
마스크 쓴 내 입술이 배시시
마스크 챙겨준 마눌님에게 미소를 보낸다.

우리 모두 소원이 있다면

이종수(광진문인협회 회장. 시집 『그대는 빛』 외)

갑자기 찾아온 질병 코로나19
세계를 공포의 독안으로 몰고
많은 희생과 아픔을 주고
사라지지 않은 무서운 재앙

우리 모두 힘을 모아 싸우고 이겨
이 무서운 바이러스에서 벗어나
평화와 안정 속에 살아가는
행복한 삶이 되었으면 좋겠다

누구의 잘못으로 발생한 병인가
탓하지 말고 따뜻한 사랑과 정성을
한곳으로 모아 이 어려움을 이겼으면
우리 모두의 소원이고 바램이다오

약국 앞에서

전 민(한국현대시인협회 부이사장(역). 시집 『바람은 잠을 이루지 못한다』 외)

열 일 제치고
새벽부터 몇 시간씩을
군중 속에서 줄 당기다 끌려가듯
깊은 생각 속에 주위를 담가본다

유모차를 끈 새댁도
휠체어를 탄 할머니도
지팡이에 의지한 할아버지도
움직이는 방향은 반보씩 전진

시민은 아무 말도 없이
마약 봉지 같은 하얀 마스크 두 장을
호주머니에 집어넣고 나왔다
파란 하늘은 노랗게 빙글빙글 돌고

달콤하지도 신기하지도 않았다
칠십 삼 년 만에 맞는 첫 경험은
황당, 그리고 실망, 오직 분노
지우고 싶은 중요 일과이었다

코로나가 말했나

심상옥(한국여성문학인회 이사장. 시집 『그리고 만남』 외)

봄날이면 아득하게 아른거리던
아지랑이가 보이지 않는다
여름이면 보석처럼 반짝이던
조각별이 보이지 않는다

우리 동네에서 제일 깨끗한 것은
성당의 저 종소리뿐이라고 코로나가 말했나
우리 마을에서 제일 맑은 것은
여울의 저 물소리뿐이라고 코로나가 말했나

아지랑이도 조각별도 종소리도 물소리도
어쩌자고
혼자서도 그리워만 지는 것이냐

제 스스로 갖는 힘이
보이지 않는 것이 아니라
이렇게 자꾸 보이는 것이다

줄

박방희(시집 『나무 다비』, 동시집 『판다와 사자』)

코로나19 바이러스가, 있는 줄은 지우고 없는 줄을 만든다.

기차표를 사거나 버스나 비행기에 탑승할 때, 영화관이나 미술관, 마트의 계산대나 은행 창구 앞에 서 있던 줄, 줄, 줄들이 줄줄이 사라졌다. 한 끼 밥을 해결하기 위해 대낮 무료급식소 앞에 길게 늘어 서 있던 서글픈 줄까지…….

코로나19가 점령한 삶
유령 같은 도시
인적이라곤 드문데

마스크를 사려고 마트, 약국, 우체국 앞에 길게 늘어선 줄,
외줄로 가느다랗게 이어지다 U턴을 되풀이하며
실타래처럼 감기는 줄….

그러나 이건 줄이 아니다.
사회적 거리 속에 점점이 점으로만 찍힐 뿐
하나의 끈으로 연결되지 않는,
줄 아닌 줄….

하늘의 사신 코로나

정성수(한국문인협회 부이사장. 시집 『우주새』 외)

푸른 하늘 더욱 푸르게 열어젖히라고
푸른 바다 더욱 푸르게 파도치고
초록지구 더욱 초록으로 피어나라고

지구인이 사람에게 신에게
거짓의 말을 하지 말라고
거짓 키스 멈추라고
거짓 기도를 하지 말라고

말 없는 하늘의 사신
어느 날
떠돌이별 이마 위로.

길은 어디일까

이유식(한국문인협회 회원. 캐나다 중앙일보 논설위원)

6, 70억의 식구들을 데리고
7천만 민초들의 역경과 한을 안고
해외동포 750만의 고난의 나날을 삭히며
이 코비19의 세상, 이념의 생존을 어찌 살아가야 하나

기다려도 기다려도 눈물 나는 기쁨의 소식은 오지 않고
알버타의 들장미와 무궁화꽃 피었다는 소식은
바람 속에 날아가네
구름도 어제와 오늘의 변화는 찾을 수 있는데

언젠가 오려는가
천지개벽의 시원한 장댓비 소리
파아란 하늘 속을 날고날아 춤출 날이
그리워라 그리워라

나는 기다릴래요
3천년 만에 피어난다는 우담바라 꽃을
오, 신이여, 인류의 길은 어디일까요
내 순애의 눈물이 보이시나요

난향 천리蘭香千里 -코로나19

이인평(계간 『산림문학』 편집주간. 시집 『길에 쌓이는 시간들』 외)

난꽃이 피었다
기적이다

코로나19 확진자가
빠르게 오천 명도 넘었는데
난향은 코로나 스민다

오갈 데 없는 천지에
스스로 격리된
재앙이 휩쓴 난기류 속에서도
난향이 스미는 아침

마스크를 벗고
마음을 읽는 불안도 확 벗고
목숨의 꽃대를 밀어 올려
나도 희망을 피운다

삶이 기적일 수밖에 없는
하루를 맞아
흠뻑 난향을 숨 쉬며
오늘따라 천 리보다 맑은
하늘을 바라보며
홀로 천 년의 꿈을 그린다

산수유 봄 일기

권숙월(한국문인협회 이사(역). 시집 『하늘 입』 외)

　2020년 봄, 시민탑 옆 산수유나무 머쓱하다 웃음 띤 얼굴로 바삐 오가던 사람들 모두 어디로 갔는지 애써 봄소식 전해도 멈추어줄 발길이 없다 도대체 무슨 일이 벌어졌기에 봄이 초상집 분위기인가 끝이 보이지 않는 걱정거리가 생긴 듯 말 붙일 수 없이 어둡다 이렇게 적막한 봄이 어디에 있었으랴 미세먼지 자욱한 날도 이러지 않았는데 행인들 하나같이 마스크를 썼다 소독약 냄새가 꽃향기를 이긴다 멋모르고 미소 짓던 산수유나무가 계절을 잃은 시간처럼 헛헛하다

신종코로나, 꽃

배상수(시집 『달의 노래』 외)

Disaster는 재난, 재앙이라 하는데
이는 dis(없다)와 aster(별)이라는 말을 합친, 별이 없다는 뜻으로
꽃이 없다는 말로 표현되기도 한다
신종코로나의 재앙으로 세상의 꽃을 볼 수 없도록
외출을 금지하고 꽃향기를 맡을 수 없도록 검은 마스크로 무장하여 코와 입을
가리고 거리를 다니고 있다
사월은 꽃피는 달이며 그래서 잔인한 달이라고 한다
집집마다 거리마다 산에도 들에도 목련, 진달래, 개나리, 벚꽃들이 앞을 다투어
꽃멀미가 날 정도로 수없이 피어나고 있다
하지만 진해 군항제는 군항제 축제가 생긴 이래 처음으로 취소가 되었고
다른 꽃축제도 모두 취소된 상태이다
꽃은 피고 있건만 아리따운 꽃을 봐 줄 사람이 없다는 것이다
꽃이 없는 세상 아니 꽃을 볼 수 없는 세상이 신종 바이러스보다 더 무섭다

운동화의 하루

김도성(수원문인협회장 직무대행. 시집 『아내를 품은 바다』 외)

이른 아침 햇살에 고린내 구겨 넣고
일터로 가다 보면 밑창에 못 찔리고
때로는
개똥을 밟아
불쾌감에 토악질

온종일 고층건물 공사장 철근 깔고
레미콘 시멘트 물 뒤집어쓴 한나절
즐거운
점심식사 후
쪽잠 속에 꿈꾼다

하루해 짧어지고 코로나로 지친 몸
라일락 향기 짙은 집까지 신어주고
외출을
벗어놓으면
피곤한 듯 하품한다

비로소 알았네

정 원(『월간문학』 등단. 한국문인협회 전통문학위원)

냄새도 형체도 없는 괴물이
전 세계를 벌벌 떨게 하는
코로나 폭풍 앞에서
나 비로소 알았네

오대양 육대주
그 어느 강대국보다도 의연하게
난국을 대처하는 내 조국
불철주야 오체투지로 봉사하는
백의의 천사 의료진들을 보며
눈물겹도록 찬란한
일등국민 임을

광화문 광장에 넘실거리던
태극물결도 촛불행렬도
흔적 없이 쓸어버린 코로나여
종로 3가 지하철 입구에서
빨갱이를 몰아내자고 날마다
목이 터져라 외쳐대던
노숙자도 삼켜버렸는가

나 이제야 비로소 알았네
어둠이 깊을수록 별은 더욱 빛나듯
이 세상 그 어느 강대국보다도
삼천리금수강산 내 조국이
진정으로 그 얼마나
위대하고 자랑스러운지를

스멀스멀 옮겨 다니는 무늬

김송포('성남FM방송' 라디오 진행자. 시집 『부탁해요 곡절 씨』 외)

결코 우리를 가두지 않았다

누가 뭐래도 손은 잘못이 없다 창살을 만들지 않았는데 신음하고 있다
무늬가 무성하여 십리 길 숲에 금모래를 찾으러 가야 해

열려있는 공기는 적이다
마스크는 최대의 방어다

입을 봉하고 코를 봉하고
소리 없이 스며드는 저 무늬의 정체
박쥐는 어디 가서 어떻게 붙는다는 것인가

한 때 이리저리 공기를 보며 붙어 다닌 적이 있다
사람한테 붙어있으면 포옹을 하거나
책과 있으면 사람이 되거나
가로등과 사귀면 덜 외롭거나
꽃이 많으면 나비가 다가오거나

날갯죽지를 펼쳐가며 벽에 붙어 다닌 흔적을 찾아야 해
너의 탓이 아니고 나의 탓도 아닌 바이러스 평화,
다시
집으로 들어가 내면을 만들고 단단한 몸을 만들어
하얀 가운의 손이 승리하는 것을 봐야 해

코로나바이러스로 오는 봄

이명호(한국문인협회 함안지부장(역). 시집 『나뭇골 우화』 외)

소리 없이 오는 봄이 어쩐지 수상하다
마스크로 단단히 무장한 봄이
아무래도 수상하다

천지에 꽃은 활짝 피었건만
하늘을 나는 새들은 지저귀건만

텅 빈 들판
텅 빈 공원
텅 빈 거리

재채기를 하는 봄이
소문 없이 끌려가서 감금된다.

오늘도 지구는 안녕한가.
인류를 재앙으로 몰아가는 코로나바이러스가
우리를 슬프게 한다.
우리를 자꾸 뒤돌아보게 한다.

우리집 아기가 하는 말

강희산(『현대시학』 등단. 육아시집 『하루 볕이 모여서』 외)

"코로나야 고마워

간만에

맛있는 공기

먹을 수 있게 해줘서

내가 여태 편식이 심했거든

코로나야

지구가 아야하는데

나을 때까지

좀 더 머물다 갔음 좋겠네?"

불이不二

권현수(한국시인협회 회원. 시집 『고비사막 은하수』 외)

너도 나와 똑 같구나
밥 먹고 숨 쉬고
번식하고 죽는구나
너,
어디서 와서 어디로 가니?
왜 왔어?

매화꽃 향기로운 품속에 안겨
꿀맛으로 한세상 살다가도 좋고
빛깔고운 극락조 날개에 앉아
풍족한 열대림 속에서
영생을 누려도 좋으련만
하필이면
탐욕스런 인간의
인간의 가슴 속에 둥지를 틀었으니
너의 앞길이 훤언하구나
미안하다, 코로나야!

모두가 네 업이니
부디 용맹정진해서
다시는 태어나지 말거라

코로나야!

새벽

강정수(한국예총 서울시연합회 부회장. 시집 『갈대숲에는 그리움이 산다』 외)

하얗게 부서져 내리는 어둠 사이로
생각처럼 잡을 수 없는 빛의 안개들이
서서히 밀려오고 있다

밤 새 한 자락씩 쌓여오던 그리움은
떠나지 못하는 가난처럼
그냥 그 자리에 웅크리고 있지만

벌써 새날은 누더기 같은
어두운 고뇌의 손을 뿌리치고
길 떠날 채비를 하고 있다

햇빛을 실어오는 신선한 바람이
초록색 생기를
가만히 입김처럼 불어 주고

빛이 어둠을 가르며
혼돈 속에서 생명이 흐르고 있다

봄날은 가고

조미애(한국문인협회 이사. 시집 『풀대님으로 오신 당신』 외)

봄이 그렇게 가버리고 난 후
비로소 그리움을 끝내기로 했다
프리지아 가지 끝에서 짝수로 맺힌 꽃송이들이
꽃눈을 열고 노랗게 세상 밖으로 나왔다
조금씩 부풀어 오른 것들은 지칠 만큼 느린 속도
잎들의 틈을 비집고서 어린 황새 부리 같은
긴 기아 난이 자주보랏빛 꽃을 피우던 날에는
약속한 듯 케일이 긴 줄기를 세우며 망울을 맺었다
아이비의 어린잎들이 바람에 고개를 숙이고
버려 둔 감자를 품은 커다란 화분에서는 손마디만큼
거친 순이 올라와 저도 잎이 되고자 어깨 짓을 했다
코로나19로 사람들이 혼자서 쓸쓸한 봄을 견디고 있을 때
식물은 식물들끼리 잎이 되고 꽃이 되어 봄을 가꾸었다
눈꼽 같은 잎눈의 은행나무 가지와 하얀 민들레 포기와
만데빌라 줄기와 물푸레나무에도 쪽배 같은 새잎이 돋았다
쓸쓸했던 봄날은 그렇게 가고 빌딩 숲 아래 키가 큰
초록의 나무들이 솟은 오월이 되어서야 끈적한 눈물을 닦듯
오래된 시집의 먼지를 털어내고 쓰다듬고 있다.

초봄, 고향에는

김현지(『월간문학』 등단. 시집 『연어일기』 외)

파릇파릇 하겠다

달래 냉이 쑥들이
비비추 옥잠화 연한 싹들이
쏙쏙 얼굴 내밀었겠다

연파랑 연노랑 모든 연한 잎새들
움찔 움찔 어깨 들썩이며 눈 뜨고 있겠다.
망울망울 꽃망울들
오물오물 입술 열고 있겠다

산 너머 또 먼 산 너머
작은 마을 오솔길엔
코로나도 마스크도 보이지 않겠다
실바람만 파랗게 불고 있겠다

솔밭어귀 산새들
소란소란 짝짓기하고 있겠다

우린 아직 진행 중

오영미(계간 「시와정신」 등단. 시집 『청춘예찬』 외)

코로나의 마음은 봄바람 닮았네요

싸늘했다 훈훈했다 멈췄다 숨었다

바람둥이 봄바람

지금은 싸늘하게 숨어 있는 중

의료인과 봉사자들은 술래

마스크는 서로의 안부를 묻는 등불 되고

사람들은 불가근불가원

위기에 강한 대한민국의 저력을 보여주마

게 물러서거라!

하지만 우린 아직 진행 중입니다

대한의 태극기는 계속 펄럭여야 합니다

코로나를 타고

강희동(한국문인협회 회원. 시집 『지금 그리운 사람』 외)

이 얼어있는 겨울나라에도
코로나 택시가 종행무진으로 기침과 열을 싣고
대구 경북 거리를 신천지교회를 좌충우돌하며
불신과 죽음을 퍼 나르고 있다는데
그대 무사한가
온 세상이 문을 닫고 숨죽이며
힐끗힐끗 눈치나 보며 입을 틀어막고
몸으로 들어가는 구멍이란 구멍은 다 막고
눈만 빼곡히 내어 놓고 눈치만 살피는 아침
너무 많은 잘못을 한 죄값으로 불신의 눈발이 날린다
속이고 뻥땅치고 해코지한 심판으로 힐끗힐끗 서로의 눈치를 본다
불신은 걷잡을 수 없는 불이 되어 초가삼간 다 태우고 산으로 오른다
하나님이 내다보고 사랑으로 벼르고 있다는 것도 빈 말
그렇게 광신으로 경배하고 찬양하는 제 새끼 정수리에
가래침을 뱉고 콧김으로 쿨럭 거리며 아프게 하는 심판
한산한 거리에 그래도 살아가려고 버둥거리며 아침은 오고
침묵의 거리를 모두가 마스크를 하고 떠 흐른다
하루를 마치고 집으로 도달한 식구를 서로 의심하며
입을 경계하는 눈치 속에서 비눗물에 씻긴 거품이
하수구로 푸하하 소리 지르며 빠져 나간다
60년대 신작로를 달리던 코로나 택시가
그대 무사한가 안부를 물으며
자옥한 황하먼지 속으로 묻혀 달려 나간다.

코로나19

서병진(국제펜 한국본부 이사. 시집 『이파리 없는 나무도 숨은 쉰다』 외)

코로나19
여권 없이 슬며시
뒤따라 와서는
사람 목숨 앗아 가는
염치없는 박쥐 바이러스

넌 싫다
깨끗하게 얼른 떠나라
반갑지도 않은 불청객 싫어
청정지역 이 땅에서 사라져라
신종 코로나바이러스

이제는
남녘의 봄 산수유 매화 피우자
뒷동산 가득 핀 진달래 개나리
아기 엄마 아빠 웃음꽃 피면
우리 손잡고 마음껏 다녀보자.

봄 전갈 -2020 대구 통신

이태수(『현대문학』 등단. 시집 『유리창 이쪽』 외)

오는 봄을 잘 전해 받았습니다
사진으로 맞이할 게 아니라
달려가 맞이하고 싶은 마음 굴뚝같지만
질 나쁜 바이러스 때문에 그럴 수가 없군요
사진 속의 눈새기꽃에 가슴 비비고
너도바람꽃에 마음을 끼얹고 있습니다
이곳은 지금 창살 없는 감옥,
육지에 떠 있는 섬 같습니다
노루귀꽃 현호색 꿩의바람꽃
데리고 오시겠다는 마음만 받겠습니다
안 보아도 벌써 느껴지고 보입니다
소백산 자락에 봄이 오고 있듯이 멀지 않아
이곳에도 봄이 오리라고 믿고 있습니다
너도바람꽃이 전하는 말과
눈새기꽃 말에 귀 기울입니다

당신은 괜찮으냐고, 몸조심 하라고
안부전화가 걸려올 때마다,
그런 문자메시지가 줄을 잇고 있어서
고맙기는 해도 되레 기분이 야릇해집니다
이곳이 왜 이 지경까지 되어버렸는지
생각조차 하기 싫어집니다
마스크 쓰고 먼 하늘을 쳐다봅니다

오늘도 몇 사람이 세상을 떠났습니다
코로나바이러스에 감염된 사람들이
날마다 눈덩이처럼 불어나 억장이 무너집니다
하지만 그 끝이 보일 때가 오겠지요
더디게라도 새봄이 오기는 올 테지요

역병, 그 어둠 속 빛살

조영희(한국문인협회 강동지부 회장. 시집 『허공에도 길이 있다』 외)

영문도 모른 채
해도 달도
송두리째 휘어 멱살이 잡혔다
시간의 발목에 족쇄가 채워졌다
계절은 스멀스멀 땅 속에 숨었다
바람은 눈이 멀고
신열이 나며 기침을 해댄다
꽃들은 우왕좌왕 자폐증에 걸렸다
사람들은 입을 틀어막고 벙어리가 되었다
가던 세상이 설레설레 길을 잃어버렸다
움직이는 모든 것
고약한 역병에 손사래 치며 숨을 참고 있다

자연은 입마개를 벗고 말을 한다
어둠은 빛을 밝히기 위한 휴식이라고
땅 속에 숨어있던 계절의 정수리에
푸르른 나뭇잎이 히죽대고 고개를 쳐든다
시간의 비탈 위에
꽃잎이 눈을 맞추고 진하게 웃는다.

너와 나

장충열(한국문인협회 낭송문화위원장. 시집 『연시, 그 절정』 외)

욕망이 넘실대는 네온의 거리 지나
코로나19 바이러스의 거리 지나
백의 천사가 땀 흘린 거리 지나

잊고 싶은 일들은 떠가는 구름에 걸쳐놓고
잊지 못할 일들은 마음판에 새기고
미래의 빗장 열기 위해
청자 항아리 비밀문서 꺼내 듯

생의 거칠은 바퀴자국 지워 줄
달이 윙크하는 쪽으로 시선 맞추고
손바닥에도 그려낼 수 있는
이브의 꿈이 깃든 곳 향해

풀냄새 향수鄕愁로 날리는
잔디에 누워 하늘을 보면
사랑은 푸른 별보다 빛나리.

천 개의 손, 천 개의 눈

박진희(시집 『몽상물고기』 외)

적은 어디에나 있지만 어디에도 보이지 않는
소리 없는 전쟁의 시대

이마와 콧잔등에 반창고를 붙인 전사들이
숨 막히는 방호복 속에 온몸을 땀으로 적시는 동안

비린 생을 다듬는 억척스러운
장사꾼들의 호탕한 웃음소리가
치직 치지직 희미하게 꺼져가고 있었다

내달까지 점포세를 받지 않겠습니다 ―주인백

셔터가 내려진 상가의 거리를 밝히는 불빛이 있어
얼마간의 말미가 주어졌다
상인들은 가게에 불빛을 내걸고 손님이 없는 거리에서
서로의 얼굴만 멀뚱히 바라보다가
꺼져가는 웃음을 피워올렸다

우린 이런 시절을 견디기 위해 그토록 비린 생을
억척스레 다듬어 왔는지 모를 일이다

홀로 있는 일이 나만의 일이 아닐 때
외로움은 더이상 외로움이 아니다
외로움에 동참하는 일은
어두워진 거리에 불을 밝히는 일

수많은 손을 내밀어 꺼져가는 불빛들을 끌어안을 때
지상에 머무는 천 개의 손, 천 개의 눈

투명에 갇혀

김해빈(한국현대시인협회 상임이사. 시집 『새에 갇히다』 외)

땅은 침묵의 약속을 저버리지 않아
일구지 않아도 새싹은 돋아나고
모험 찾아 지하로 들어간 코로나19 바이러스
밤을 버리고 낮달로 차올랐지

식탁에 마주 앉은 가족들이
악수하며 안부 묻던 친구들이
함께 일하던 동료가
투명 벽에 갇혀 입을 다물었다

울퉁불퉁한 계절을 물고 날아든 비둘기
약속의 땅 밟았나
부드럽게 쏟아지는 햇살로
미세먼지 흩어지는 대지에
설계도 없이 축제의 무대를 만든다

진달래 핀 언덕을 나는 솔새
깃털 위에 앉은 반가운 소문이
초록나비 날개가 되어 산등성이 타고 일렁이자
들과 산에는 온갖 새들이
꽃과 나뭇잎이 목청 높여 지저귄다

사람과 사람사이 간극을 지우는
저 능청스러운 아귀다툼 앞에
더욱 여물어가는 우리는
약속의 땅에 발아된 꽃씨를 뿌리겠지

얀(Jan)*의 젊은 기억 -삼가 고인의 명복을 빕니다

박영대(한국문인협회 회원. 국제펜 한국본부 회원. 한국현대시인협회 회원)

"한국이 잘살게 되었다고?"
그의 기억에는 모든 것이 붕괴뿐이었다

70년 지난 오늘의 전쟁터에서
그가 당한 포위망이 코로나바이러스라니
대한민국이 세계 최고라며 은폐 엄폐 탈출 방법을 가르치는 코로나바이러스라니

모든 것이 무너진 이 땅에 젊은 기억을 심었던 그에게
끝 숨을 마치게 한 C19

그의 머리맡 영정 앞에 제수품 진설하고 재배를 올린다
한국산 PCR 코로나 진단 키트
한국형 드라이브 스루
한국제 KF94 마스크

그때 그에게
우리는 맨몸을 내보였다, 부끄러운 줄도 모르고
우리는 빚을 졌다, 도저히 갚을 수 없는 역사의 빚
우리는 생각지도 못했다, 돕고 베푸는 아름다움
우리는 선물로 받았다, 온전치 못한 반 조각 국토

그의 기억은 말한다
거기에는 새끼줄 가닥 꼬아 만든 견딤이 있어, 그냥은 절대로 끊어지지 않는
거기에는 대나무 마디마디 이어지는 의리가 있어, 휘어질지언정 꺾이지 않는
거기에는 고난 속에 버텨내는 아리랑 애환이 있어, 그침 없는 강물 도도한
흥과 정
거기에는 어려울 때 더 굳어지는 애국 애족이 있어, 가족과 지역과 나라를
구한 흰 옷

대한민국의 의사 한번 만나지 못하고
대한민국의 진단 검사 한번 받지 못하고
불고기 된장찌개 한번 맛보이지 못하고
기억 속에 역력한 전우 '김덕규'

이역만리 서역에서 끝 숨을 거두면서 남긴 말
"그 한국이 잘살게 되었다고"

*얀(Jan) : 2020. 4. 10. 네덜란드 한 요양원에서 한국 전쟁 참전용사 얀(Jan)이 숨을 거두
었다. 그가 얻은 병명은 코로나19. 한국이 최고라며 코로나 퇴치를 앞장서서 세
계를 가르치는 코로나19에 우리의 은인 얀(Jan)을 치료 한번 해주지 못하고 그
를 떠나보냈다. 그의 기억 속에 살아있는 전우 "김덕규"라는 이름이 생생하게
불려진다. 너무나 아쉬운 대목이다. 그의 영정 앞에 대한민국의 코로나 퇴치 의
술을 진설하고 명복을 빈다.

열아홉 코로나

이오장(한국문인협회 이사. 시집 『왕릉』 외)

달아나라 달아나
수련 잎 딛고 가는 바람 되어
물 위에 지문도 남기지 말고
벚꽃 날리듯 도망쳐라
열아홉 코로나
너를 향한 눈빛에 불꽃이 일고
등 돌려 발길질하는
매서운 뭇매가 아프지 않으냐
너의 모습은 명자꽃 속에 파고든 모과꽃
임진년 조총 맞은 아녀자의 비명과
병자년 끌려갔다 온 부녀자의 애통함이
절절히 되살아 들려온다
세살 때 묻힌 누이의
어머니 바라보던 눈빛이 떠오른다
수줍은 댕기머리 아양쟁이야
멋모르고 뛰다가 제풀에 넘어지고
말채나무 회초리에 두들겨 맞다가
몽당빗자루에 쓸려나갈 철부지
도망치라 도망쳐
모란이 피고 뜨겁게 철쭉꽃 피면
산골짝에 메아리 칠 너의 울음
아무도 들어줄 사람 없다

보릿고개

이상규(함안예총 회장. 시집 『응달동네』 외)

장돌뱅이 김씨는 난전 어물장수다
오일장을 뺑뺑이 돌 듯 돌아가며
만원에 동태 두 마리 토막 내서 판다
새봄이어서 시골장도 생기 돋을 땐데
코로나바이러스 묻혀 들어온다고
시장번영회마다 아예 발도 못 붙이게 한다
그 틈을 비집고 되살아 난 보릿고개 망령이
바튼 기침 할딱이는 숨통을 바짝 죄어온다
막내 대학은 쉬는데 학자금은 빚을 내고
식구들 맨날 팔다 남은 동태탕만 먹여서
돼지 목살이라도 한 근 사 먹이고 싶은데
마스크 산다고 줄서기에 묶여 입안이 탄다.

시원하게 불어오는 내일

이금한(한국문인협회 회원. 시집 『관덕정 일기』 외)

시원한 바람이 좋습니다
서우봉 높이 오르는 길
가쁜 숨만큼 선명해지는 바다의 끝
언제 썼는지도 모를 마스크를 벗으니
세상 어디로든 다 하나입니다

너무 오래 지치지는 않았는지
할 수 있어 다행입니다
너무 몰라 두렵지는 않았는지
견딜 수 있어 기쁩니다
누구라도 먼저 다 지나고 나면
자, 보세요
푸른 바다와 파란 하늘
언제나 그 자리에 있던 것들이
깨끗하게 빛나고 있습니다

당신의 그 맑은 눈빛과
당신의 그 고운 숨결이 느껴지는
자연을 그대로 맞습니다
멀고 먼 시간을 불어온
민낯의 바람이 시원합니다

그 간의 사랑과 행복이 계속
작은 항구로 도착하고 있었어요
기다리고 배려하며 먼저 다가가
모르는 것을 이기고 같이 서 있습니다
당신과 당신 그리고 당신과
그렇게 환하게 우리의
오늘과 내일에

꽃의 위로

나고음(『미네르바』 등단. 시집 『불꽃가마』 외)

이 꽃들을 어디다 부리면 좋을까
약속대로 때맞추어 꽃을 피우러 왔는데
난데없는 온통 슬픔뿐인 풍경 어디에
내 환한 봄꽃을 피울 수 있을까

작다고, 보이지 않는다고 방심하는 사이
몰라보게 불어난 적에게 몰려
다른 병상에서 홀로 재가 된 남편을 보낸 그 아픔에
조심스레 오던 노을도 놀라 넘어지고
함께 푸르렀고 함께 붉었던 시간 송두리째 뽑혔다

꽃도 웃음도 크레바스 검은 입 속으로 사라진 지금
슬픔은 묵혀도 슬픔이지만
그녀의 어깨를 내 하얀 꽃잎으로 감싸고 있는
잔인한 봄날

밤바다 같은 짙은 슬픔만 출렁이는 가슴에라도
어둠을 어둠 속에 버려두지 말고
파랗게 돋아나 주기를 바라는 마음으로
씨앗 하나 떨어뜨린다

슬픔을 딛고 싹 틔울 희망 한 톨을

코로나19의 퇴치

정연덕(『詩文學』 등단. 시집 『곱사등이 춤』 외)

넓은 땅을 가로질러 뻗어있는 모든 것 깨지고 무너지는 오늘의 거리 코로나 19 바이러스가 지구촌을 강타하다

그 누구를 찾느냐 누굴 만나려 하느냐 때도 없이 멈춤 없이 헤매는 전사戰士들 마냥 세계인들 저마다 사회적 거리두기 운동참여로 나서다

모두가 너를 반기지 않았지 모두가 너를 환대歡待하지 않았지 퇴치할 준비를 못한 탓일 뿐이다

거리를 허물고 삶의 자취, 때 아닌 마스크로 묻혀버린 삶의 거리 첨단키트와 의료시스템을 믿고 따르자

코로나는 건강이 제일이라고 코로나는 의지를 갖고 참으라 이르다 더욱 굳세게 힘차게 나서라 이르다

6주간 봉사한 뒤 확진자로 분류 된 강정화 의료봉사자를 비롯한 한국간호사 4천명 자진참여자들과 그 외 수많은 봉사자들의 희생정신을 어찌 잊으랴

혼연일체로 결단코 내치는 위력으로 물리치고 굳건히 지킨 삶의 터전을 서로 돕고 새롭게 세워 살라 일떠세우다

낯선 사회적 거리두기 —오, 코로나여

김미윤(경남시인협회장, 한국문인협회 이사)

신천지가 숨긴 맹신과 위정자가 안긴 무지로
저주스런 전염병이 덮쳐 쓸쓸히 떠난 영혼들
이건 나라냐고 외쳐도 민낯 두꺼워 참회 못해
피 흘리지 않고 얻어지는 우리 몫은 없으리니
누굴 탓하며 원망하리 정녕 위로받을 곳 멀어
낯선 사회적 거리두기 자기격리란 이름으로
막 부득이 혼자서 삭여 슬픈 인연 끊어버리면
남겨진 회한과 외로움 훌훌 털며 다시 일어나
닫힌 서로의 문 열어 뜨겁게 손잡을 수 있을까
그렇게 차츰 치유되어 봄 오듯 평안을 찾을까

코리아는 희망 코로나19

오현정(한국문인협회 이사(역). 시집 『에스더 편지』 외)

우리는 가난했지만 등불 밝혀 궁리하고
힘들 때마다 더 뜨겁게 노래했다

빨리빨리 달아오른 발바닥은 풀기 어려운 시험일수록
어두운 길 함께 헤쳐 나가려 쉼 없이 걸었다

우리의 효자 철이 닮은 소년은 믿음의 수많은 의사가 되었고
효녀 영이 닮은 소녀는 헌신적인 간호사가 되었다
전쟁을 겪고 해외로 입양 가려던 친구들은 연구소의 미래 동력이 되었다

코로나19는 가족과 친지가 얼마나 소중한지
나의 조국도 그만큼 사랑한다고 눈으로 말한다
몹쓸 역병으로 아무도 잃고 싶지 않다고 가슴으로 외친다

지구를 더 맑고 밝게
인류를 더 귀하게 소통하는 동안 분열은 사라지고
치유의 백신은 태양으로 떠오른다, 너처럼

M

김준성(한국경제사회연구원(KESI) 원장. 시집 『서있는 달』 외)

M이 성적표를 들고 담임선생님처럼 나타나자
제일 먼저 얼굴을 가리고 엎드렸다

따분해서 경멸했던 짜증의 일상이 막히고
허황한 가식들이 거부되어 되돌아온다

눈썹으로 걸러지는 이전의
너그러웠던 모순들이 성애로 돋는다

알면서 모른척했던 소중한 것들의 반발이 준엄하다

무엇이었나

소중함을 비웃었던 나의 건방들이
코 밑으로 걸려 숨이 거칠다

거룩했던 얼굴로 달려드는 훈증熏蒸
비웃음의 통렬한 비산飛散

그랬던 것을 그런 것으로 뭉갰던 용렬함이
얼마나 비루 했었던가

마스크에 걸린 내장內臟의 현주소
얼개를 통과하지 못하는 엄연한 속내다

거울이다
채찍이다

2020년 봄은 멀다

이가원(한국문학비평가협회 이사. 한국가수협회 가수)

봄은 왔는데
함께 모여 웃을 수도 울 수도 없다

백신이 없는 신종 전염병 코로나19
작은 물방울 봇물처럼 터져
하늘길 바닷길 막아
지구촌 곳곳에 철조망을 친다

서로 밀어내며 흩어져야만 살 수 있다
마스크만 약국 앞에서 긴 줄을 선다

세계는 지금 비말飛沫과 싸우고 있지만
산 너머 청보리 밭에 산까치 날아들고
새싹들 나른한 하품에 기지개를 켜는 봄천지

꽃은 피고 있는데
이 밤 지나고 내일이 오면
정겨운 너의 웃음소리 들을 수 있을까?

유채꽃이 봄 햇살을 뿌린다
어린 벚꽃도 염화미소를 짓는
봄은 봄, 네게 가는 길 아직도 멀기만 한

기다려야 할 때

이 섬(한국문인협회 계룡시지부 회장. 시집 『향기나는 소리』 외)

올해도 변함없이 이팝꽃이 만개했다
사기주발에 소복소복 하얀
쌀밥을 담아 놓은 듯
가로수 길이 환하다

소원했던 친구를 만나 가볍게 건네던,
"우리 밥 한번 먹자"라고 약속했던 말,
아직 뜸 들이고 있는 중이었는데
밥 한번 먹자는데
마스크에 손소독제, 칸막이 등
갖추어야 할 것이 너무 많구나
친구야
아직은 때가 아닌가봐
기다리자 마음의 빗장을 활짝 열어놓고
느긋하게 안부를 실어주며
가슴 벅찬 만남을 기다려 보자

머지않은 날, 뷰가 아름다운 플라워 찻집에서
질기디 질긴 코로나를 얘기하면서
암울했던 시간들을 다져 낼
다시 올 행복한 그날을 기다리자
친구야!

2부

백의 천사 천의 손

말의 온도계

신순임(한국현대시인협회 회원. 시집 『양동 물봉골 이야기』 외)

양친 건강이 많이 좋지 않아
사회적 거리두기 확실하게 실천했다
생활 속 거리두기 전환의 첫 나들이로
안어버이 찾아뵙는데
축담에서 볕바라기 하던 노친네
백 일만에 만나는 딸보며 박장대소한다
"내보다 더 하야면 우야노"
"개안타. 집에만 있는데 뭐"

골목의 노랑장미가 하도 예뻐
요리조리 살피며 사진 찍을 때
"아이구, 누구라꼬. 종가 새댁아이가"
"웬 노인인공 했네. 보기 싫다. 염색해라"
"예"

이 골짝에서 제일 젊은이가
세월 속인지가 열해도 넘었건만
확 상한 심정이 블랙커피 끓인다

요양병원 머무시는 밭어버이
역병에 노출될까 노심초사하는 심경
순식간에 초토화 시킨 한 마디
만사 제쳐두고 읍내 걸음 재촉해
졸지에 불려나온 KF94 마스크
형체 없는 바이러스 입장 막고
홀홀 불어내는 열기 가두며
확실하게 임무수행 하는데
잉걸불피던 가슴이 말한다
개안타. 다 지나는 바람이라고

그리운 섬을 찾아서 –'코로나19' 109일의 일기장

차승진(한국문인협회 회원. 시집 『아내의 꽃밭』 외)

봄밤
일기를 쓴다
오늘은 딱히 할 말이 없어 점 찍 듯
몇 자 적고 노트를 덮는다

여행사로부터 알림 톡
일정이 취소되었습니다
코로나가 준 부도난 여행 초대장

일상은 참혹한 재난영화가 되어
거리와 상가엔 암흑의 커튼을 치고
입이 닫히고 출근길이 막히고
가족과 가족 사이 돌담은 쌓여가

온 세상 활활 태우는 코로나 미친 불길은
젖먹이부터 침실에 누운 어른
가운의 힘을 믿던 간호사와 의사
직장도 학교도
독생자를 주신 천상의 하나님도
휴면의 늪에 잠긴 절망의 안개 속으로 빠졌다

가족을 뒤로하고 홀연히 집을
떠나
백의의 몸으로 불길에 뛰어든
구원의 손길이 더없이 거룩한데

계절은 바람벽에 걸린 한 장의
풍경이 되고
몸은 멀리 마음은 가깝게
쉽게 다가가지 못하는 애틋함

가뭄에 버티는 고목처럼
어느새 초록 물결이 나부끼는
계절인데

두 발 걸음 건너 백일 된 손녀 연우
네 살배기 손자 정우가 있는,

아파트 앞을
몇 번이나 서성이다
돌아서야 했던,

그리운 섬으로 가는 길은
멀고도 아득하기만 하구나

'백합꽃' 사랑

김현신(한국문인협회 송파지부 회장. 시집 『나비의 심장은 붉다』 외)

죽어가는 병동에
당신의 땀방울을 실어보는 저녁
'코로나19' 퇴치로
헌신하는 의료진께
백합꽃 한 송이 바칩니다

저기, 저, 마스크들이 백합꽃인가요
땀방울 무늬로 그려진 얼굴을 보세요

당신은 신음 속으로 걸어가네요
긴 복도 모퉁이로 사라지는 당신의 뒷모습을
껴안아 봅니다
멈춤 없는 손끝은
병상의 꽃이 되어 빛나고 있어요
부풀어 오르는 구름벤치 위에

공기처럼 달라붙는 당신의 따스한 손
폭죽인양 부서지는
망령 가득한 병상 아래
찢어지는 육체를 지켜주는
'백합 천사'로 '구원의 강'으로 흐르는
의료진의 땀방울에 목례를 보냅니다

눈, 귀, 코도 없는 그대여?
눈물 꽃 피고 지는 그대여?

마른 눈물 삼키는 검은 병동에서
'코로나19'로 가득채운 침묵에서
풀밭에 누워있는 바람을 생각해요
슬픈 병상입니다

축축하게 젖어가는 입과 귀를 달고
사막의 끝에 매달린 눈동자여
얼굴 없이 핼쑥하게 여윈
누군가의 방호복은 백합으로 웃고 있네요

그런 백합은 난간입니다
미풍 한줄기 인 양, 백합꽃 사랑입니다

간빙기 수칙은

차영한(통영 한빛문학관 관장, 『시문학』 등단)

분노하는 죽음들이 음침한 어둠으로
덮어오고 있어 파멸로 휘모는 무섭고
두려운 역병 코로나19의 살인적인 창궐
우리의 불안마저 마스크로 차단하고 있어
순식간 납작코 오징어로 눈감기고 있어
아직도
강인한 우리의 면역 아바타 어디에 있냐? 그 사이 스펙트럼 해시계는 어디 있
어? 자연이 손잡아주는 행복은 뼛속고민에만 있나? 생사 교차로에서 질문하
는 인간으로 태어났다면 해답은 우리 속에 있어 그럼에도 판데믹 현상 걷잡
을 수 없어 지체 없이
스스로 온몸 다 바치는 의료진 그 중에서도
나이팅게일들, 봉사자들 강렬한 불꽃덩어리여
물위에 반짝이는 별처럼 구원의 손길이여
이 지구를 지켜야하는 호모사피엔스가 당당히
걷도록 용기를 주는 사랑의 등불이여
고맙소! 마스크를 했지만 고맙소!
슬픈 빗소리에 어이어이! 떠나려는 눈물마저
막아선 빛살처럼 지금 이 시대 지구의
간빙기間氷期 수칙은 충분한 일사량日射量뿐이네
바로 박애등불을 켠 새로운 숲이 기다리네
우리 사는 길 서둘러야 이 지구의 웃음꽃
태양은 다시 폴라리스 가름하여 떠오르나니

가장무도회

한이나(『현대시학』 등단. 시집 『플로리안 카페에서 쓴 편지』 외)

모두 초대받으셨군요
오늘의 드레스 코드는 마스크랍니다
흰색 검은색 파란색 꽃무늬,
잊지 못할 너와 나의 연결고리지요
외로움과 두려움의 얼굴을 가리고
저마다의 염려를 가리고
그래도 오늘밤은 춤을 추지 맙시다
아름다운 거리를 두고 멀찌감치 떨어져서
우리 눈빛으로 말을 해요
손을 잡지 않아도 마음만 주고받아요
벽의 거대한 괘종시계가 열두 번 종을 치더라도
검은 옷의 못 보던 사람이 시계 밑에 서 있어도
더는 불안해 말아요
삶과 죽음의 교차점에서 가슴을 쓸어내려도
검은 손길 피할 수 없다고
함부로 발설하지 말아요
슬픔은 더한 슬픔으로 맞서 이겨야죠
봄꽃처럼 막 피어날 희망의 꽃눈을 보세요
사랑을 하고 싶은 사람들만 모이는 가장무도회랍니다.

미안하다, 벗나무야

권정남(한국문인협회 회원. 시집 『속초바람』 외)

속초 영랑 호숫가 벗나무들이
흰 마스크를 낀 채
거리 간격 줄로 서 있다
꽃구경 나온 사람들이 기침하며
꽃 얼굴을 만질까봐
살래살래 고개 젓는다

지난해는 산불 때문에
온 몸이 그을리고 화상을 입었다
황토 흙 바른 다리와 시린 발로
겨우내 물 끌어올리며 추위를 견뎠다
그렇게, 금년 4월에
만개한 벗꽃을 피워냈는데

보이지 않는 적敵
코로나19라는 요괴들이
선전포고도 없이 침투했다
봄을 활짝 피운 벗나무들에게
바이러스 전염 시킬까봐
꽃 그늘 아래 서있는 사람들한테
사회적 거리 둬야 한다며
소스라치듯 비명을 지른다

'미안하다. 벚나무야'

인간들이 저지른 죄의 대가로
해마다
혹독한 봄을 치루고 있구나

마스크

이영춘(『월간문학』 등단. 시집 『시간의 옆구리』 외)

마스크 쓴 사람들이
마스크 속을 걸어간다
무슨 유령의 나라에서 온 듯
눈치, 힐끔거린다
벚나무 꽃잎들 줄 지어 선 강둑길이다
흰 마스크들이 점점이 벚꽃 잎으로 쏟아진다
내 앞을 앞질러 가던 젊은 한 사내
마스크를 내리고 가래침을 퇵– 튕긴다
멈칫, 멈춰 선다
침방울 속 오염은 공기 속에서 20분 가량 떠돈다는데
에잇, 저런 미친 것! 미… 친…,
뒤로 물러서야 하나?
빨리 지나가야 하나?
외길, 난공불락이다
한 시간 이상을 줄 서서 '배급'이라는
북한 말 같은 혐오스런 말 속에 서서
산 마스크!
벚꽃잎 떨어지듯 단 한 번 쓰고 버려야 하는 오늘,
오늘은 온통 공중분해다

리모델링

오점록(서울강동문인회 사무국장. 시집 『나 머물던 그 자리』 외)

멀뚱하게 눈만 남긴 채
귀 바퀴에 줄을 걸고
코와 입에 가림막을 설치했다
누구누구 할 것 없이
2019년에는 대다수가
가림막설치 공사중이다

이기적인 아집들
주변을 둘러볼 생각도 못하고
정작 본인도 모르게
나는 착하게 살았으며
나는 못되게 안 했는데
개성의 목소리 톤을 높인다

연습 없는 인생살이
실수 투성인 게 사람이라지만
서로가 얼마나 괴롭혔을까
우리가 스스로 재앙을 부른 것이니
서로를 다독이며 응원하면
가림막은 우리의 희망이다.

백의 천사 천의 손

조명제(들샘. 『월간문학』 등단. 작품집 『갈숲의 노래』 외)

고 작은 바이러스가
비행기를 세우고
학교 문을 닫고
인류제전 올림픽을 연기시켰다

코로나 쓰나미는
바다 건너 대륙을 넘어
인종과 빈부를 가리지 않고
인간의 삶을 삽시간에 무너뜨렸다

잠수함과 전투기, 탱크와 미사일도
막아내지 못하고
선진문화와 막강한 경제력도
힘없이 무너져 내려

인간이 쌓아 올린 이기적 문명은
속절없이 대자연 앞에 무릎을 꿇고
생태계 공존의 진리 앞에
고개를 떨구었다

사회적 거리두기와 함께
기적처럼 일구어 낸
대한민국의 코로나 극복은
신음하는 전 세계로 파랑새를 날렸다

이제 매연 사라진 하늘 보며
겸허한 마음으로 희망을 새긴다
백의천사 천의 손
따슨 손길 기억하며.

코로나19에게

안광석(충청북도시인협회장. 시집 『별을 헤다』 외)

스멀스멀 피어오르는 검은 장막
모든 일상이 정지되었다

처절한 정적 속에서 반짝이는 눈동자
우리는 보았다

사투를 벌이는 희생정신의 의료진
사회적 거리두기 실천하는 문화시민

korea~ 대한민국
우리는 해냈다

영그는 밝은 세상
행복이 깃드는 삶은 우리 것이다

지구는 다른 그림을 그리고 있다

이 솔(한국현대시인협회 이사. 시집 『첼리스트를 위한 기도』 외)

아주 작은 틈새로 그 점들이 드러났다
그 점들은 서로 밀어내기도 끈끈히 이어지며 걸어왔다

한 사람의 죽음이 슬프고 무겁다
코로나19 감염으로 죽은 한 사람의 무게
저울의 눈금은 어디를 가리킬까

모두들 서로 떨어지라 명령한다
지금 아무도 없는 광장에서 소리죽여 서 있다
뿔이 꽃모양으로 둥글둥글 굴러 떠다니는 얼굴
코로나19 바이러스 얼굴을 무심히 본다

완성차 주차장은 수출길 막혀 텅텅 비었다
'대면강의' 하는 대학 강의실은 사회적 거리로 앉았다
불타는 철쭉이 불러도 다가갈 수 없다
브라질 아마조나스주 원주민은 '마스크' 쓰고 카누 젓는다
프로야구는 투명볼 안에서 포수와 비접촉 시구로 열린다
감염병 치료에 헌신하는 의료진에 'Thanks You'를 보낸다

작은 점이 핵폭탄으로 퍼지는 것을 이제야 안다
지구는 다른 그림을 그려야 한다
생명체의 한 점에서 따뜻한 어머니 마음을 그리고 있다

일상이 그립다

전관표(한국문인협회 회원. 시집 『다시 길을 걷자』 외)

아침 햇살이 등을 두드린다
꼼짝하기 싫어 그 자리에 앉아
두 손을 꼭 잡고 이마에 기대면
다른 햇살들이 벽의 배경에 불 밝혀
그림자가 두 겹 세 겹 번지며 흐릿하다

혹시나 하여
조심스럽게 뉴스를 들어보려 하지만
벽에 걸린 시계의 시침 소리가
귓속을 타고 심장의 박동을 따라한다
뒤 따라 들어오던 다른 시침 소리는
아예 고막에 눌러앉아 통통 튕기고 있다
점점 시침 소리가 커지며 울린다
덥 썩 덥 썩 이렇게 들리고 있다
간밤에 바이러스가 덥 썩 덥 썩
아픈 사람들을 멀리 데려 가지 않았기를

잠시 간격을 놓쳤다
시침 소리가 발을 바꾸려 했는지
앞뒤가 엉키 듯 박자가 틀어졌다
촉 각 촌 각 이렇게 들리고 있다
확진자 증가에 촉각을 곤두세우며
촌각을 다투는 영웅들의 많은 날들이
그러려니 하고 잊히지 않았기를

시침소리에 빠져들고 있다
귀를 흔들어 고막을 정돈해 본다
일 상 일 상 이렇게 들린다고 우긴다
판박이 같던 반복의 시간들이 그리워지고
쳇바퀴 삶이라도 다람쥐처럼 귀엽고
자주 가던 동네 골목길 카페에
일상적으로 마시던 쓴 아메리카노도
일 상 일 상 이 소리가 맛있다

일상의 기억이 점점 잦아들고 있다
아직도 텔레비전을 켜지 못한 채
깨우다 지쳐 등에 업힌 햇살이
시침 소리와 함께 꾸벅 졸고 있다

우두망찰 이 난세

이희선(『예술계』 등단. 시집 『저녁 종소리가 길이 되어』 외)

무방비 지구별에 코로나19가 찾아왔다
허약자 인간들만 치밀하게 파고들어
입에다 마스크를 씌워 소통을 끊어 놨다
빈국도 부국도 코로나에 절절맨다
강국의 첨단의 핵도 너에게는 무용지물
오만한 인간들에게만 발목을 묶어놓았다
생지옥을 눈앞에서 바라보고만 있다니
하찮은 바이러스에 맥없이 쓰러지다니
사람 몸을 통해 네 힘을 키우지 마!
코로나! 사람을 그만 괴롭히고 떠나라!
지구별은 너를 그냥 두지는 않을 거다
백신이 너의 숨통을
조일 날도 머지않으니?

거리距離 두는 거리

정복선(한국경기시협 부이사장. 시집 『종이비행기가 내게 날아든다면』 외)

"나를 만지면 행복이 무언지 이해할 거예요"*

라는 시절이 있었던가?

입도 가리고 눈물도 가리고 맘까지 가린 거리

악수가 뭔지 잊고 포옹도 잊고

본시 섬이었다가 섬인 줄을 잊다가

도로 섬이 되어간다

섬이 섬을 낳고 만 개의 섬이 된다 해도

사이사이 연륙교를 놓을 것이다

저, 유채꽃밭처럼 장미난초꽃밭처럼

거리마다 향기로 드러누울 것이다

*뮤지컬 〈캣츠〉에서 가져옴.

혼돈

이영애(한국문인협회 전통문학연구위원. 시집 『미명을 깨고』 외)

고요한 전쟁
코로나19는 비겁하고 잔인한 악마

차 한 잔으로 정을 나누던
소중한 일상을 앗아가고

유채꽃 무참하게 짓밟히던 날
고뇌와 회한의 속절없는 슬픔

눈치 없이 피어난 벚꽃이
하얀 눈물만 흘리고 가네

야위어 가는 마음 힘든 언덕 길
누리에는 빨간 장미꽃이 피어난다

해야 달아 별아 산아들아
지구촌 사람들 재회를 목말라한다

코로나19를 부탁해

유회숙(『자유문학』 등단. 시집 『꽃의 지문을 쓴다』 외)

돌아오지 않는 시간은
더 이상 약속이 되지 못하고
벽 앞에서 절벽을 오른다
고개를 저을수록 낯익은
귓가에 머무는 비명 소리
지금 숨소리조차 들리지 않아
거리는 죽은 새처럼
하얀 천으로 굳게 닫힌 입
슬픔에 잠긴 채, 우리 모두는
국경 없는 뉴스의 중심에서
평범한 일상이 아프지 않기를
세상을 건너는 사람들
그리고 봄을 봄이라고
목 놓아 부르는 희망을
고개를 끄덕이며 기억해야 하리
함께 걸었던 낮과 밤
떠나지 않고 늘 거기에 있어
대답 없는 코로나19를 부탁해

새 길을 보여주다
이지선(시집 『배낭에 꽃씨를』 외)

세계를 점령한 코로나19가
모두의 가면을 벗기고 민낯을 들추었네.

핵과 살생무기로도 이길 수 없는
보이지 않은 활동체가
평화로운 삶을 위해
인류가 가야 하는 새 길을 보여주었네.

살생무기를 가진 게 강대국이 아니라
사랑과 헌신과 봉사정신을 많이 가진 나라가
코로나19를 이길 수 있는 강대국임을.

바위 하나로는 집을 지을 수 없지만
모래와 시멘트가 합해지면 큰 건물을 올릴 수 있듯
국민과 지도자가 합해져야
지금도 앞으로도 코로나19를
이길 수 있는 가장 효과적인 무기임을.

태풍이 지나간 자리엔
큰 나무는 쓰러져 일어서지 못해도
잡초들은 흔들리다 다시 일어나
열정과 배려의 자양분으로
초원을 푸르게 할 것임을
코로나19가 일깨워 주었네.

그만큼

박연원(경찰병원 비뇨의학과 전문의. 시집 『바보를 위하여』 외)

더도 말고 그만큼
그 이상 벗어나면
안전선은 무너지고
쓰나미는 밀려와
너와 나 모두 덮친다

방향을 지키는 선
생명을 지키는 선
그 선을 벗어나면
사고가 나는 선
선을 지키기 위해서는 그만큼

그만큼은 욕심의 문턱을 절제하는,
우리의 생명선.

바람

류희옥(전북문인협회 회장. 전라북도문학관 관장.)

천 년을 깃 쳐도
늙지 않는 휘닉스

모양이기를 거부한 채
떠돌이 넋이 되어
어디를 가 보아도
한 걸음 앞서

어느 조각공원에서
너는
나의 눈길이 닿기도 전에
비너스의 보드라운 곡선을
더듬으며 있었고

바닷가
모랫뻘을 거닐 때는
의문에 부풀은 어린아이가 되어
버려진 소라고동 속을
휘돌기도 하다가

물비늘을
세웠다 뉘였다
정염의 힘줄이 솟으면
거대한 물기둥을 뽑기도 했지

그리고 아무도 보살피지 않는
무인도 숲속으로
잎새 하나
돌이끼 하나에도 맥박을 짚어
식어가는 가슴에
불씨를 찾아내고

밤낮없이 시간의 빈터에서
5할의 탄생과
5할의 소멸로
질서 정연한 움직임 속에
꽃잎 피는 和흡

헤겔의 변증법을
읽어내리고 있다.

큰 눈 오는 날처럼

경현수(한국문인협회 이사. 시집 『멀리서온 바다』 외)

웬일일까
蜂房, 벌이 떠난 빈집에 바람이 숭숭 넘나든다
여러 날 동안 창문 블라인드 틈새로 누가 기웃거리는데, 코로나19
마스크가 코와 입을 막고
침묵 대신 눈의 푸른 섬광과 섬광이 이웃의 언어가 되고 있다

고생대의 깊은 지층 아래 잠복 했었던가
지구의 생명과 자연의 사랑스런 자태를 시기하는, 몹쓸 바이러스
질투의 女神 헤라는 마법의 呪文을 외고 있는지…

아름다운사람, 사람은 벙어리가 되어서

2020년 삼월 첫 주엔 큰 눈 오는 날처럼 집에 머물러 주시기를
　　　　　－〈대한 의사협회〉

오늘 조간신문 전면광고 란에 게재된 광고문은 괜스레 눈시울이 젖는데 흰
방호복 입은
의료진 천사들의 편지가 배달되었다

고향집 겨울 큰 눈 내리던 정적과 평온의
숨결이 나붓나붓 지붕 위에 뜨락에 장독대에 쌓이던 평화가, 이 아침에

하얀 편지, 목화송이가 안겨온다
음험한 블랙홀 너머 시로 환생한 광고가 눈꽃이 되고

삼월은 큰 눈 오는 날처럼 집에 머물리라

코로나19 심문

이기래(『월간문학』 등단. 시집 『꿈에 꾼 꿈』 외)

어질머리 도는 세상 암만해도 얄궂어라

　서민들은 너나없이 살기 점점 어렵다는, 이 판국에 온 백성을 열나게 하고 가슴 답답케 하는 눈에도 보이지 않는 이놈들을 정밀 검진 체포하여 음압실에 구금하고 취조를 했것다.
　네 이놈 네놈들은 우한서 남몰래 숨어 온 놈 아니더냐. 그렇다면 밀입국자, 밀입국자 네놈이 선량한 국민을 불안케 하고 괴롭히는 이유가 도대체 뭐냐?
　나으리 그건 그건 다름이 아니오라 신천지라는 곳이 있다기에 그곳을 도읍 삼아 한 번도 경험 못한 세상을 세상을 이뤄…

　네 이놈 네놈들이 감히 어디라고,
　당장에 씨도 없이 박멸토록 하리라.

코로나바이러스19의 지혜

김용옥(국제펜 한국위원회 이사. 시집 『새들은 제 이름을 모른다』 외)

잠깐 쉬어가니 좋다
잠깐 느리게 가니 좋다
잠깐 조촐하게 사니 좋다

코로나 모양이라서 코로나바이러스19라 명명된 바이러스가
인간이 허문 자연 질서의 분노를 표출하니
나는 그 경고를 생각한다
지금 인간이 아픈 것인가,
지금 지구가 화낸 것인가,
지금 현재가 캄캄한 것인가를

불운은 행운의 씨앗이기도 하지,
한국정부와 의료계의 헌신과
국민의 우애와 시민의 봉사 정신은
춘사월 벚꽃보다 환하게 피어났다
현명한 한국인, 대동단결하는 한국인은
온 누리에 등불이 되었다

내일엔 지구를 아프게 하지 말자
내일엔 사람을 괴롭게 슬프게 하지 말자
내일엔 그 등불을 환히 밝히자

찾아온 기회

임종은(한국문학신문 편집국장(역). 고전문화연구회 이사)

산수유 백목련 꽃잎 벙그리며
수줍은 봄 인사 시작하는데
괴질 상륙이라, 먼 동네 소식이지 싶더니

천변川邊 긴 언덕에 개나리 벚꽃 화려한 잔치판
이마저 전국을 휩쓸고 밀려오는 무서운 소문에
슬그머니 사그라져 땅 위에 흩어지고

학교도 운동경기도 모든 행사마다 중단되고
각종 공연도 모임도 취소 연기되니
여기저기서 심리적 공황이라 아우성
중소기업과 영세 자영업자의 위기

오대양 육대주 선진을 뽐내던 도시들도
증폭되는 확진의 공포 속에 콧대를 숙이고
우왕좌왕 움츠리는 모습들
자연의 순리를 거스른 인간이 자초한
업보가 아닐까

그러나 위기마다 기회로 발현되는 Korea
잠재력의 위력이 빛을 보나니
일사불란한 방역체계와 선진화된 의료시스템,
희생 봉사 정신에 투철한 의료 봉사자들

나라마다 세계적 대 유행병의 재난에
그 심각성 뒤늦게 대처하느라
방역선진국 코리아에 도움 요청 쇄도하니
우리의 위상, 세계 속의 부러움 대상 되도다.

하늘이 내려준 절호의 기회
슬기롭게 의연하게 대처하여
경제선진국, 문화선진국,
정치선진국, 의식선진국
후대에 넘겨 동방의 등불을 밝히리라

코로나19 창과 방패

이신경(한국문학비평가 협회 이사. 시집 『물빛 꿰매기』 외)

봄이 쓰러졌다
네가 가는 곳마다 전 세계가 초토화 된다

처음 우한에서 태어났을 때는
별 이목을 끌지 못했는데
이제 가는 곳마다 백전백승이다

미사일로도 막을 수 없는 너를 막기 위해
마스크 쓰고 나선다

코리아 백의민족
흰 마스크는 일사불란하다

마스크가 보초를 서고 있으니
방패가 튼튼한 이곳에서는 안 되겠다
다른 나라로 떠나자

코로나19 바이러스는
다른 세계로 모두 떠나갔다

녹두꽃

이강현(세종인뉴스 대표. 한국문인협회 전통문화연구위원)

구시포 바다 몸을 세워 하늘로 올라

서걱대는 바람 되어 황토현에 누었다

파란 물비늘 털고 흔들리던 혼 맨몸으로 받으며

무리져 핀 녹두꽃

장보고를 건너 잔설 걸린 거리위로 점령군 되어

사정없이 쏟아내는 우한의 바람

눈물도 마른 남녘

바튼 기침은 죽음으로 내리고 앞이 없는 절망

추위보다 무서움에 떨었다

輓章 펄럭이며 쏟아지는 구급차 불빛

펜데믹 경광등사이로 닫히는 남녘 창 걷고

비수로 일어서는 조선의 혼

황토현에서 피어 이 땅 부둥켜안고 세우는 하얀 녹두꽃

마스크 여미며 한국을 열고 있다

그래도 봄

임애월(경기펜 부회장. 시집 『그리운 것들은 강 건너에 있다』 외)

코로나를 핑계로
자발적으로 봉쇄시킨
산골마을 낮은 울타리
5월 산빛에 취한
뒷산 뻐꾸기 소리만
무시로 넘나드나 했더니
인적 없는 어두운 밤길
홀로 걷던 상현달이
고적한 발길 잠시 멈추고
함박꽃 핀 울안을 들여다보고 있다

닳아지는 날들

가영심(한국문인협회 자문위원. 시집 『거울 속 불꽃놀이』 외)

코로나19 대 감염으로 고립된 세상
우리들은 저마다 보이지 않는 벽안에 갇혀있다
오늘도 어김없이 비말과 기침의 공포가 유령처럼 떠돈다

나와 타인의 고독처럼 차가운 유리벽 속의 나날
감염 바이러스 전파로 인해
서로의 거리두기와 마스크 쓰기로 단절된 날들
고립된 삶 속에서 막막함은 깊어져가지만
변화된 일상에서도 소소한 행복의 꽃을 피우며 살아간다

두려움의 공포가 일상의 기쁨을 사라지게 하고
서서히 닳아져가는 일상은 막연한 기다림뿐이지만
바이러스 대유행에서 탈출할 날은 곧 오리라
믿음으로 기다리는 새 아침의 햇살은 눈부시다.

K-정신

김철교(한국시문학아카데미 학장)

새로운 문명의 산통産痛을
슬기로운 횃불로 앞서가는,
깜깜한 밤에 새벽을 확신하며
어두울수록 더욱 빛나는,

밝은 지성이 만드는 무지개의 나라.

지금 여기 정치도 도덕도 종교조차도
청맹과니 지도자로 가득하지만,
무지렁이 하나하나가 목욕재계하고
칠월칠석 헌신의 다리를 만들고 있는,

맑은 감성이 응축된 꿈의 나라.

아무것도 할 수 없는 듯 작아도
위기마다 일어나 온 지구촌을 흔드는,
'우리를 따라 오라' 묵언의 외침에
세계 열방이 함박웃음으로 응답하는,

새로운 문명을 창조하는 K-정신.

우주가 신음하다
송세희(한국문인협회 사무국장(역). 시집 『시는 말라꼬 쓰노』 외)

세상을 콕콕 찌르고 삼키는
공포의 직격탄이 날아다닌다

인간의 폐와 심장에 집을 짓고
하루아침에 다 무너뜨린다
죽음의 도가니로 몰아간다

세계는 혼란에 빠져 헤어 나오지 못하는
처절한 아우성
엉클어져 뒹군다

우리들 스스로 하늘과 땅을 향해 마구 쏟아 부었으니
이젠 돌아와 목숨을 쓸어 가고 있다.

지 ·수 ·화 ·풍으로 돌고 돌다가 토해내는 우주의 아픔이다

코로나19가 떠나간 뒤 우리들은
좀 더 느리게, 좀 더 적게, 좀 더 청정하게
우주를 달래야 하리라

4월의 거리

한경희(한국문인협회 국제문학교류위원. 공저 『한국 사랑시1』 외)

노은동 은구비공원 가는 길 옆
사철나무 수벽이
햇살 끌어안고 웃음 건넨다

코로나바이러스가 없는 곳
평화만이 존재하는 세계
2020년 봄은 환희다

자가격리 끝내고 한 달여만의 나들이
새까만 마스크와 장갑, 마주치는 사람들은
영락없는 도선생이다

보이지도 않고 만질 수도 없는
바이러스의 위력
신의 영역을 하도 많이 침범한 재앙 앞에
멋쟁이 영국신사도 트럼프도 입을 닫았다

하지만 산천은 예년처럼
예쁘고 활기차다

4월의 바람 앞에 허파가 행복하고
폐부가 모두 웃는다

오월의 초대

이구재(한국문인협회 회원. 시집 『주문진 항』 외)

그리운이여
정오의 햇살이 바다에 내려와
청록으로 빛나네

산과 들판엔
온통 연둣빛으로 살랑대고
아카시아 꽃숭어리가
짤랑이며 향을 퍼트리고
찔레덤불에
호랑나비 날아드네

아무리 코로나19 바이러스가
우릴 가두어도
어두움은 사라져 가고
봄날은 우리 곁에 왔다네

나 오늘은 그대를 위해
은수저를 닦으리
정갈한 원탁에 촛불을 밝혀두고
옥빛 말간 달이 떠 오를 때까지

그리운이여
니지막이 날으는 나비 떼 같이
오월을 즐기세.

애월涯月을 그리다 11

김밝은(『미네르바』 등단. 시집 『술의 미학』 외)

애월,
요즘 부쩍 함몰에 몰두하고 있어

아름다운 왕관에 숨겨진 암울한 비밀을 해독하지 못한 채
우리는 서로의 입 모양을 보기 두려워 꼭꼭 숨기느라 바쁘지

무거워지는 트집을 꺼내 살살 달래다 보면
나였다는 내 모습도 낯설어지기 시작하고
점점 사람들을 더 모르겠어

한때 펄펄 살아 싱싱하던 체온들은 구석으로 밀려나
주름 사이의 간격이나 헤아리는 처지가 되어서
가벼운 몸놀림으로 세상을 섭렵하던 아름다운 한때나 떠올려보는 거지

한겨울 꽉 다문 입들도
햇살의 윙크 한번으로 활짝 피워내곤 했는데
코로나의 입김에 저만치 날아가 헐떡이는 봄을 상상이나 했겠어

신천지는 너무 허황된 꿈이라 기대는 그만 버리기로 했어
반짝, 넉넉하던 우리들의 눈빛도
삐끗, 쉴 새 없이 주저앉는 중이지

죽음의 그림자만 묻혀오는 저 왕관을 어서 부서뜨려서
지나간 시간들이 별안간 낯설어지게 해달라고
간절히 머리 조아리고 있는데

애월,
네가 점점 내게서 멀어지는 것 같아 두려워

판도라 상자

주경림(『자유문학』 등단. 시집 『뻐꾸기창』 외)

김명국의 수묵화, 「박쥐를 날리는 신선」*에서는
신선 이철괴의 호리병 속에서 나온 한 가닥 연기가
푸르스름하게 부채꼴로 펼쳐지면서
박쥐가 포르릉 날아갔어요
일찍이, 김명국은 박쥐를 신선의 화신으로 그렸지요

코로나19 바이러스는 여태껏 박쥐의 몸속에서
별 탈 없이 잘 살고 있었어요
헌데, 사람 바이러스가 더 잘 먹고 더 잘 살아보려고
박쥐의 생태계를 건드렸다지요

그만, 판도라 상자가 열렸어요
우리 눈에는 보이지도 않는 머리카락 두께의 1/2000인
바이러스들이 좌충우돌, 세를 넓혀가요
태양 프리즈마 불꽃을 닮은 코로나19 바이러스들로
지구 전체에 재앙이 닥쳤어요
전염병 걸려 살처분한 닭, 돼지처럼 사람들도 마구 죽어가요
전적으로 우리 탓이지요

박쥐든, 천산갑이든
"모든 살아 있는 생명들이여,
땅에 사는 것이나 하늘에 사는 것이나
모두 행복하라."**

판도라 상자 안에는 다행히
아직, 우리 모두는 고귀하고 거룩한 생명이라는
희망이 남아있어요.

*김명국作, 「박쥐를 날리는 신선」, 34×25cm, 지본수묵, 17세기, 북한 평양박물관.
**보경스님, 『숫타니파타를 읽는 즐거움』, p99, 「작은 장, 진리의 보배로 축복있으라(보배경)」

자연과 거리두기

문창국(한국문인협회 워싱턴주지부 회장. 시집 『아니 그리워. 시애틀 아리랑』 외)

자연과는
얼마만큼 거리를 두며 살아야 할까

코로나19 바이러스가
창궐하는 2020년

보이지도 않는 바이러스의 무게로
사람들이 쓰러진다

지구의 주인이 인간인 줄로 알았다
일용할 양식으로 죽어간
낙타 박쥐 천산갑

더불어 살기 위한
자연적 거리두기가 필요한 시간

창궐하는 바이러스
언제나 그랬듯
인간은 도전에 응전해서 살아남을 것이다

그래서 오월은 푸르다

지영희(속초문인협회 회장. 시집 『사람이 두렵습니다』 외)

−마스크를 말려서 다시 써도 됩니다

마스크 사기위해 선 긴 줄 위로
우산들이 또 한 줄 이루던 날
마스크 한 장 빨랫줄에 걸어 둔다
갓 태어난 손녀 옷으로
코로나19 재빨리 갈아 탈까봐
한 손으로 가리고
멀찌거니 빨랫대 한 귀퉁이에 건다

의료진들도 아끼느라 반복하여 쓴다는
귀한 마스크
어느 새 여러 장,
생명 던져
손끝으로 안녕을 피워 올리는 의료진들께
한 손 고이 바쳐 세워 보는 엄지 위로
마가렛 꽃 되어 하늘거린다

오월은 역시 푸르다

코로나19 제국의 꿈

김은수(의성문협 회장. 시집 『모래꽃의 꿈』 외)

기름진 땅은 갈라지고
길 위의 세상은 가루가 되고
중력 잃고 떠도는 사람들
붙잡을 것 찾아 헤매는 밤하늘은
바람에 휘청거리는 제국

산과 들에는 찔레꽃 만발하고
애기똥풀 노랗게 물들어 가는 시절에
가시 품고 피는 꽃 희고 맑더라
노란똥으로 웃자란 우리의 꿈 잊지 않으면
꽃심은 언제나 따뜻하고 밝게 빛나리.

꽃등 환하던 그날의 아픔

박병래(한국문인협회 회원. 시집 『그래 기적이야』 외)

소나기가 지나간 뒤
맑은 하늘의 구름이 울고 웃는다
말로도 위로가 안 되는 건 알지만
보듬어 줄 수 없는 모두의 격리자들
코로나19에게
빼앗긴 할머니의 빈자리가 멈추었다

그녀는 계단을 오르내리며 울고 있다
잡아 줄 수도 안아 줄 수도 없는 요상한 세상의
시간은 그를 외면하게 만들었다

꽃등이 환하게 피어 거리를 밝게 만들던 그날
격리 해제되면서 초인종을 눌렀다
핼쑥해진 그녀가 커다란 눈으로 얼굴을 내민다

어떤 말로도 위로가 안되는 그 순간
잡지 못한 손 바라볼 뿐 눈물이 난다
아직 학교도 학원도 가진 않지만
아무도 찾지 않은 조손가정祖孫家庭의 그녀는
창문만 내다볼 뿐 말이 없다.

코로나, 목련

하순명(한국문인협회 이사. 시집 『그늘에도 냄새가 있다』 외)

그래, 기다리고 기다렸지만
더 이상 참을 수 없었던 거야

기약 없는 날들
대문 무겁게 걸어 잠그고 침묵하는가 했더니
기어이 담 너머로 고개를 내밀었다

수십 년 이곳에 뿌리박고 피고지고 한 것을
이제 와서 순리를 버리겠냐고
어쩌겠냐고

안 되겠다 싶은 거다
세상 안부 사무친 그리움이 목에 차올랐던 거다
오늘 아침 일제히 바람결에 어깨가 꿈틀거리더니

이내 낙화를 각오한 목련의 절규를 듣고 말았다
흰 마스크를 벗어 든.

2020년 봄날

정영학(안동문인협회 사무국장. 시집 『그리운 풍경』 외)

일제강점기 폭거 앞에서도
교실수업 중단은 없었다.

피 흘리는 6 ·25 총탄 앞에서도
찬송은 멈추지 않았는데

코로나19 투명한 검은 망토
3월의 봄볕을
감옥으로 만들어 버렸다.

인류는 지금
더 큰 내일로 가는
정거장에 멈춰서서 휴식중이다.

코로나19, 미뉴에트에 맞추어

김미형(한국문인협회 회원. 시집 『내안에 있는 너』 외)

붉은 왕관이 무도회장을 휘젓는다
초대하지 않은 손님,
파트너를 가리지 않고 손을 내민다
흡사 바람에 흩날리는 꽃잎처럼 춤을 춘다
그가 스쳐 간 곳곳에서
고열과 통증의 신음소리가 높이 된다
날숨의 벼랑 끝에 서서
숨을 고르고 지난날 그림자를 더듬는다

마구 먹고 버리고
무수히 죽인 생명의 피,
붉은 가면을 쓰고
바이러스 허리케인으로 돌아왔다

빈부귀천을 가리지 않는 코로나19
모든 생명은 평등하다고 빠르게 알린다
간절히 참회하는 마음의 옷을 입혀
어르고 달래서 보낸다

욕망과 이기주의가 잠시 멈춘 지구촌
남실바람이 시나브로 창문을 열어 푸른 하늘을 보여준다
야생 불곰이 150년 만에 산문山門을 열고 내려온다
도심의 호수에는 홍학이 무리 지어 발그레하다

우리는 둘이 아닌 하나
불이不二

침鍼 -코로나19

정옥임(지구문학작가회의 이사. 시집 『바람개비를 돌리며』 외)

鍼

　침묵의 덩어리들이 형태 없이 소리 없이 움직인다 무수한 입자들이 결속하고 단결하여 그들 방식으로 속전속결 공격자를 정해 쓰러뜨린다 방심한 틈으로 스며든다 지들 멋대로 닿고자 하는 곳에 닿아 컨테인하고 컨테이젼한다. 들불처럼 번진다 신이라고 자처한 사람들이 무릎을 꿇고 숨어 기도한다 입이 있어도 말을 꺼낼 수가 없다 入口를 막아버렸기 때문이다 우리는 더 차가워지고 간격 또한 더 멀어질 거다.

　항상 위험한 곳을 헤매다 돌아 온 사람처럼 긴장하여 허둥대며 보이지 않는 침이 날아오는 사이를 피하느라 등뼈가 닳을 테고 독침의 독은 더 독한 독을 부르고 쫓기는 자 쫓아가는 자가 되어 사는 동안 내내 숨차 할 것이다.

　차라리 침 덩어리 부술 침묵 하나 옆에 둘 거다. 똑 같은 모양의 적을 대적할 침묵, 언제든지 던질 수 있게 가까이! 섬뜩한 차가움과 묵직함! 어떻게 다뤄야 할지! 어느 시점에서 침묵을 들어 올리고 던져야 할까! 점점 얼음처럼 차가워진 태산만큼 무거워진 시끄러운 공기의 침입자를 과연 막아낼 수 있을까! 우리는 자꾸 질문만 던진다

별을 찾다

김윤한(『자유문학』 등단. 시집 『세느 강 시대』 외)

어느 날부터 골목마다
흉흉한 소문들이 마을을 돌아다녔다
사람들은 마스크를 쓰고
서로를 의심하기 시작했다
바이러스는 교활하게 번져 나갔고
세상은 어둠에 휩싸이고 있었다
하지만 캄캄해야 빛이 더 잘 보이는 법
자신의 위험을 무릅쓰고
의료인들과 봉사자들이 모여 들었고
국민들은 어려움을 함께 참아가며
국난 극복의 디엔에이로
마침내 바이러스를 제압하기 시작했다
어둠 속에 싸인 지구인들이
동방의 작지만 거대한 나라를 주목하며
따라 배우기 시작했다
덕분에 더 큰 자신감도 생겨났다
코로나, 무서운 시련이지만
위대한 나라를 발견하는 소중한 기회였다
어둠이 깊을수록 더욱 빛나는
우리는 눈부신 별이었다

3부

힘내라, 대한민국

코로나19 有感

김정화(한국문인협회안동지부 부회장. 시집 『꽃잎도장』 외)

지위가 격에 맞지 않을 때
조자룡 헌 창 쓰듯
좀스런 힘을 어설프게 휘두르는 사람이
세상에 많다는 것을
코로나바이러스를 겪으며
새삼 느꼈다
문제는
현미경으로도 찾아내기 어려운
그 미약한 녀석에게
왕관을 씌어준 것이
인간의 실수였다
서푼어치도 되잖은 녀석이
그 왕관에 취해
조자룡 헌 창 쓰듯
인간의 폐를 들쑤시는
지경에 이르고 말았다

두려워
손을 씻는다
손을 씻다가
손톱 밑을 씻은 흐린 비눗물이
하수구로 흘러 들어가는 것을
바라보았다
흘러내리는 물을 바라보며
저 흐린 물도 강을 거치고

바다에 이르러선
다시 맑아지리라는
생각이 들었다

흐린 물이 바다에 이르러
정화되듯이
녀석의 간악함이
세상을 덮었을지라도
머지않아 올 날에
스스로 죽음의 길로
들어갈 것이다
마침내 인간은 살고
녀석은 허망하게 죽어갈 것이다.

잔인한 코로나의 달, 나날들

노혜봉(『문학정신』 등단. 시집 『見者, 첫눈에 반해서』 외)

코

우환, 스며라 박쥐가 날개깃 깃털을 파득댄다. 바이러스 균 20~400나노미터의 균이, 신천지 가짜 하느님을 파는 신자의 손 지문 속, 갓 태어난 아기 목구멍에 착, 의사들 간호원의 방역 옷소매에 착! 달라붙었다. 전대미문의 극심한 공포는 숫자, 병든 땅 지구의 근육통, 골 깊은 불신, 한국 5월 20일, 코로나19 누적 확진자 11122명, 사망자 264명, 완치자 10135명…일상생활 운행 정지, 자가 격리, 뉴욕 비닐에 싸인 부패한 시신들, 고무장갑만 보아도 세정제만 보아도 깊은 전율, 기침 끝에 구역질, 구역질로,

로

흰색 말, 하늘색 말, 검정색 말, 말을 가둔 마스크 천지. '자연보호' 구호에 앞장 선 입술들, 가려라, 꽉 다물라 그 입, Covid 19, 종말 앞에 사람은 바보 얼간이 멍청이 천치, 코로나베이비라니! 바이러스의 비아냥이 판을 치는,
  만남, 각종 시상식 취소… 취소, 전시회 실종, 공연 실종.

사람은 섬이 아닌데, 코로나의 물이랑, 아무리 배를 저어도 거센 파도는 잠들지 않는다, 유일한 백신은 신중한 행동뿐, 눈뜨자 뉴스, 숫자들이 감염 된다. 숫자들이 늚는다. 숫자들이 죽는다. 대결전, 깜깜한 하늘, 거리엔 소음 기억조차 숨어버린, 맨 입술을 보아도 문손잡이만 보아도 구토, 온 지구를 회오리치는 구토, 휩쓰는 토악질.

나

　진절머리 나는 무기력증, 문을 밀친다 잿빛 재앙, 우울증을 털어 빨랫줄
에 넌다.
　연둣빛 봄 야채, 무지개색 과일을 사러 진로 마트로 간다. K94 마스크 속
에 면 마스크 코와 입을 이중으로 가리니 발열. 불길한 징조, 기침 불안증.

　왕관에, 총리의 넥타이핀에, 노숙자 손바닥에 불시착은 없다. 착 달라붙
어 있는, 여기, 지금 가동을 멈춘 자동차 기계들 공장들, 유명 클럽들. 관광
객들 속수무책인 손, 발.
　코로나바이러스 눈에는, 사람이란 유치한 놀이에 열중한 어린이들 짓거리
다. 이 게임의 적은 누구인가!
　생각에 불이 켜진다. 유채 밭을 갈아엎은, 튤립 수 억 송이를 갈아엎은, 땅.
생각의 새벽이 문을 연다.

　생존, 겨울 장갑을 낀 채 연둣빛 오이를 고른다. 연둣빛 쑥갓, 연둣빛 포
도, 양상추를 담는다.

　언제 보았나 찬연한, 저 코발트블루 하늘빛, 눈빛이 찬란한 연둣빛 반짝!
무지개다리를 걸친 듯 버들잎, 무심한 햇봄은 살랑살랑, 하늘은 몇십 년 만
에 쨍! 돌아서 새파란 손거울을 본다.

코로나19, 그러나, 그러므로,

증권 폭락, 우울증 환자 급증, 폭력, 이혼 급상승, 간절한
카네기의 인간관계론, 까뮈의 페스트, 때 아닌 독서열풍, 대 침묵 속에서 실종
된 말, 만남, 불가능은 없다. 코리아.

김밥을 싸면서 '코로나는 코리아를 이길 수 없다. 힘내세요' 의료진의 방진복
을 만들면서, 불가능은 없다. 어린 천사들이 내미는 손 편지, 저금통의 반짝이
는 눈동자들, 눈 속에서 얼음새꽃은 피고 매화꽃이 지면 매실이지.

'정신이 죽었다' 바이러스는 「지구별 사형 언도를 고려 중」 단죄를 업고, 파
업, 휴업, 재택근무, 실직자들 그 판정을 딛고서 재앙, 실종이란 희망을 거슬
러서 희망을 바라는 기도. 간절한 '함께 있으나, 거리를 두라. 하늘 바람이 너
희 사이에서 춤추게 하라' 칼릴 지브란의 말을 뇌이며.

목련꽃이 지면 산벚꽃 라일락이 송이송이 벙글고 흰 철쭉꽃이 소담스러운 오
월은 황홀 하여라. 랄랄라 오월의 찬란한 활을 당겨라. 무지개 화살을 쏘아라.
저, 희망 으늑한 해피 꽃송이 바이러스 카드를 보낸다.

(스며라, 왕관을 쓴 채 네가 태어난 고향, 단박쥐 과일박쥐의 날개 밑에서 천만년을 깊
숙이 꿀잠에 들라)

코로나의 길

전가은(미네르바 편집위원. 시집 『스며들다』 외)

경자년 벽두 화구에 방점 찍을 때
로드맵을 활보하는 무법자

국경을 넘나드는 날
침묵의 계절은 고요히 꽃을 피웠다

동백이 진달래 목련 산벚이 종다리 노래에 얹혀 바다를 건너고 덩굴장미가
이웃 담을 넘어갈 때 아이들은 빼꼼한 눈이 오가는 길목에서 뛰놀던 학교 운
동장을 그리며 다정한 벗들의 이름을 알뜰히 가슴에 채운다

가십보다 멀리멀리 퍼져나는 정체불명의 코비드
지구를 들썩여도 산천은 눈물겹게 영롱하다

기류가 흩어졌다 모이는 韓
흩어졌다 다시 모이는 韓
한반도는 지구의 새 역사를 쓴다

끝나지 않는 시위 -코로나19 이름을 되뇌이며

강정화(한국문인협회 시분과 회장. 시집 『우물에 관한 명상』 외)

시원을 알 수 없는 일이라지만
어디 원인 없는 일이 가능하리요
앞 뒤 분간 없던 발전이라는 마법으로
초고속 성장의 팡파르에 숨은 마그마
점점 깊은 수렁으로 빠져 들어가는 위기
형언 할 수 없는 불안한 영혼과 지친육신들
찬란한 봄마저 빼앗겨 찾지 못하는
유사 이래 세계가 겪은 동병상련의 대재앙
종잡을 수 없는 변고를 겪으며
더 이상 블랙홀을 뭉개어 버리도록
지구촌에 무기 없는 전쟁에 종전을 선언 하리

우리 모두 실핏줄로 이어진 한 덩어리임을
느낄 줄 모르는 무뇌증 환자로 살다가
자연의 질서를 몸으로 익히는 체험 속에
겸허한 자세로 세상을 보듬는 큰 사랑
나라마다 제 멋대로 난도질 하던 이기심들
잘난 척 두려움 없이 거들먹거린 큰 손들
아무렇게나 쓰다가 버리던 못난 습성들
살며 서 뭣이 중요 한가 이제라도 깨닫고
가족과 이웃이랑 나누는 사랑 인류애로 펼쳐
다시는 오만 방자하지 않기를 성찰 하며
지구촌사람 모두 무릎 꿇고 속죄해야 하리

붉은 여우를 찾아서

박정원(『시문학』 등단. 시집으로 『고드름』 외)

붉은 별에 안착했습니다 이번에 방문한 소혹성은 코로나19호
하늘에서 누군가 나를 내려다보듯 나는 내가 떠나온 지구를 들여다봅니다

사람얼굴의 절반을 마스크가 덮어버립니다
텅 빈 학교가 이제나저제나 아이들을 기다립니다
국경을 넘나들던 비행기도 맥없이 손발을 접고 있습니다
희생과 봉사 그리고 고마움이란 단어를 비로소 의료진이 독차지합니다

이곳에서 조우한 붉은 여우의 고언 몇 마디를 전언합니다

물론 인간이 소중하겠지만 갖은 미물들도 존중하세요
역병이 돌 때마다 경고장을 건넸으나 당신들은 죄 없는 짐승들만 생매장했
습니다
자신들이 곧 몹쓸 바이러스라고 생각하는 사람은 단 한 사람도 없었습니다
저기 저 미소를 머금은 지구를 보세요
당신들에게 마스크를 씌우니 이제야 푸른빛이 돌며 환해지잖소
아주 작은 존재의 자유로운 숨쉬기가 지구별을 늙지 않게 하고 나의 붉은 별
도 더욱 붉게 만듭니다
만유와 함께 누리려하지 않는 당신들을 보면 한숨만 나옵니다
돌아가시면 당신들만의 경전을 수정하십시오
자멸을 자초한 인본제일주의를 대대적으로 손봐야할 것입니다

느리고 낮았지만 그의 도전적이고 분명한 어조는 내 얼굴을 더욱 붉게 물
들였습니다

코로나19

김건일(한국문인협회 부이사장(역). 사랑방시낭송회 회장)

너무 말이 많다고
너무 남을 미워하고 욕한다고
코로나19가 난데없이 찾아와
입과 코를 막아 버렸다
사랑한다는 말
좋아한다는 말
이외에는 꼭 필요한 말 이외에는
남에게 상처 주지 말라고
난데없이 코로나19가
찾아왔다

코로나19

노창수(한국문인협회 부이사장. 시집 『거울 기억제』 외)

그는
코로 나와서
코로 들어가는
논스톱 차다

일단 멈춤 신호로
그를 애써 가두지만
신호 뚫린 간이역엔
기침꽃이 낭자하다

오늘
낀 마스크 교차로
열꽃 두어 개
열릴 뻔 했다

독감毒感

이애정(국제펜 한국본부 사무차장. 시집 『다른 쪽의 그대』 외)

그렇구나
사는 것에도 연습이 필요했구나

첫발자국 떼듯
쉽게 떨어지지 않는 눈

허기진 몸으로
늪으로 빠져든다

가까이에서 오는 그리움
아무 것도 이어주질 못하고

하루를 앞에 두고
어제와 오늘을 나눈다

끝은 어딜까
가쁜 호흡으로
풀길 없는 매듭을 만들어대는 어느 날

코로나에 무풍지대

최임순(한국문인협회 문학연구위원. 한국문예 시사랑문학회 부회장)

입김 속 안개가 하얗게 흘러내린다.
마스크 속에는 본인만의 이기심이
벗겨져 배려하고 사랑이 숨어있다
너의 건강이 나의 건강
너의 행복이 나의 행복

몸으로는 거리를 두고 마음은 사랑으로
항상 조심 속에 사랑의 섬을 만든다.
지나온 거품은 빠져 나가고
우리는 코로나를 이기는 영웅들

삶의 애환이 녹아있는 아픔까지
실핏줄처럼 퍼져있는 날카로운 가시로
심장 한 조각을 베어버리는 고통 없이
마음은 무풍지대가 되어
너와 나의 나라를 위한다.

우한 코로나바이러스

김종순(한국가교문학회 회장. 한국문인협회 회원)

내 비록 태어난 곳은
피 묻은 칼 끝에서 버려진
캄캄하고 썩어 뒤엉킨
시궁창 일지라도

인간들의 무자비한 도살을
더 이상 묵인할 수 없어
보이지 않는 천만 분의 일
미세한 바이러스로 변신하여

대기 속에 숨어 날아
한시도 멎을 수 없는
들숨 날숨을 타고 들어
따뜻하고 아늑한 당신들의
가슴속에 둥지를 튼다

오한과 발열 구토 등으로
심한 고통을 겪게 하여
누구를 탓할 틈도 없이
조용히 눈을 감고 숨이 멎으면
그곳이 우리들의 낙원이란다

안타깝게도 우리는
선악을 구별할 줄 몰라
말 못한 동물의 도살을 일삼고
함부로 폐기한 인간들을
무차별 공격할 뿐이다.

이것이 어찌 천재란 말인가!?

로봇행렬시대

김필영(한국시문학문인회 회장. 시집 『우리음식으로 빚은 시』 외)

바이러스감염으로 격리된 병동 유리창 밖,
젖을 막 뗀 어린자식을 보려고 달려왔건만
만날 수 없는 엄마가슴은 무너져 내린다.
창 안의 어린아이가 엄마를 부르며 울부짖자
아이를 안아볼 수 없는 엄마는 눈물보가 터진다
눈물을 죄다 쏟아버린 창밖 엄마들은 로봇이 된다

서울추모공원,
소각로에서 호흡을 나누었던 이가 소멸되는 동안
한 그릇 끼니를 받아야 하는 행렬에 따라선다
한시간만에 화면이 '냉각 중'이라고 알려주자
한줌의 뼷가루를 받으러 다시 줄을 선다
그를 버리러 가는 길도, 밀리는 고속도로에서도,
한줌의 재를 비목 밑에 묻는 일에도 줄을 서야 한다
눈물이 점점 말라버린 사람들은 로봇이 되고 만다

바이러스와의 전쟁이 시작되기 전 사람들에겐
로봇에게선 없는 눈물이 있었으나, 어느 샌가
눈물을 가진 사람은 점점 보이지 않게 되었다
눈물이 말라버린 사람인지, 눈물 없는 로봇인지
'삶은 줄서기'라는 듯, 행렬을 지으며 하루하루 산다
죽지 않으려는 사람, 죽을 수 없는 로봇들,
살고 싶은 사람, 살아야만 하는 로봇들…
마스크를 구한 로봇들이 미소를 떨구며 스쳐간다
잠시 발을 구르는 로봇행렬, 허탈하게 흩어진다.

코로나19

갈정웅(현대시인협회 부이사장. 한맥문학 주간)

모두 빗장을 걸게 하고
코와 입도 봉쇄해 놓고
여권도 비자도 없이
온 지구를 마구 휘젓고 다니는 너

얼굴은 보지도 못 했지만
보이지 않는다고
없는 것은 아니지

깡마른 기침과
체온계의 눈금만 보아도
드러나는 네 정체

출생지 중국 우한.
신분은 밀 입국자.

세계가
하나로 연결되었음을 알리고
너 또한 지나가리라.

보도블록 사이의 민들레 –땅의 노래(4)

양왕용(한국문인협회 자문위원. 시집 「천사의 도시. 그리고 눈의 나라」 외)

세상은 온통 시멘트로 덮여가고
그것도 모자라
사람들 단단한 보도블록으로
그대 압박하는데
나는 문득 그 사이로
비집고 나온 민들레 발견한다.
고맙다 그대.
얼마나 민들레 홀씨 사랑해
끝내 싹 트게 하고
여자들의 산고보다 더 아픈
아픔으로 땅 위로 내보냈을까?
혹시 꽃피기 전
사람들의 발에 짓밟혀
무참히 사라지지는 않을까?
노심초사하며 기다린 나날
드디어 꽃까지 피우고 만
민들레
오 하나님! 감사합니다.

기도하고 있을
그대 생각하면
광복된 대한민국 밟으며
그대에게
입맞춤한 독립운동가처럼
보도블록 파내 내던지고
그대와 입맞춤 하고 싶다.
오 민들레! 하며
민들레에게도 입맞춤 하고 싶다.

코로나바이러스

이춘하(평화신문 등단. 시집 『콩꽃을 해부하다』 외)

아무 생각 없이 프리 패스로 2020년의 지하철에 올라탔다
분위기가 조금 낯설다 싶긴 했었지만 빈자리에 앉아 눈을 감았는데
설핏 영화의 한 장면이 지나갔다

인터스텔라?
설국열차?
아니면 화성이나 금성, 달나라로 가는 우주선?

생각을 다시 모아본다

모두들 얼굴을 가리고 있었어
표정들도 좀 이상했고…
그래, 바이러스야 코로나바이러스…
머리에 뿔이 나고 왕관같이 생겼다고 했어
그리고 보니 내 맞은편에 앉은 여자의 얼굴이 꼭 박쥐였어
그 옆의 남자 손등은 천산갑 등껍질 같았고

생각은 생각을 물고 꼬리가 길어진다

옆자리의 여자가 소리를 지른다
―아이구 어떻게, 눈 감고 있다가 내릴 곳을 놓쳤네― 한다

코로나19 방송국

안재찬(한국문인협회 편집위원. 시집 『광야의 굶주린 사자처럼』 외)

너는 누구냐고 묻지 않겠다
어디서 와서 어디로 가느냐고 묻지 않겠다
새 하늘 새 땅, 새롬이 군침 도오는
새 품종 귓속말에 귀가 엷어진 그 마음 모를리야
이름도 없이 은밀한 기도로 앞서거니 뒤서거니
이 도시 저 도시 발품을 팔면
한두 평 신앙이 따라오는
음성이 음성을 낳는, 음지가 빛부신 하늘사람아
그 마음 자알 안다 그러나
그러나 우한에 찍혀 있는 욕망의 열차에 탑승한 족적 때문에
우환에 뒷덜미 잡혀 고요는 증발하고
코로나19 방송곡 단내 나는 아우성으로 거리마다 안절부절못하는 발길
빈부를 가리지 않는 죽음 앞에서, 모국은 벌벌 떨고 있다
감염병과 한판 전쟁 중인 이 땅 '신천지'가 쏟아놓은 시뻘건 내장으로
십자가 종소리가 오솔하다
신은 종교를 모른다
하늘의 법도인 관습법 불편부당은 금과옥조다
탄식소리 끓어오르는 뜨거운 겨울, 이 또한 지나갈까

코로나19의 경고를 듣다

신성호(군산문인협회 회장. 시집 『꽁당보리밥』 외)

태초의 에덴은
지상의 낙원이었더라

작금의 세상은
염려와 근심 가득하고

작은 안위와 욕심으로
채워진 풍요 속엔

코로나19의 급습
힘들고 어려운 현실

뿌려진 악의 씨앗
억겁의 질서를 뒤흔들지만

이 또한 지나가리니
하나 된 노력으로 물리치리라

벌레카페

최금녀(한국여성문학인회 이사장(역). 시집 『바람에게 밥 사주고 싶다』 외)

벌레학교 벌레카페 벌레극장에서
벌레들이 적발 되었습니다
무서운 벌레들입니다
사람들은 얼굴을 마스크 뒤에 숨기고
시멘트 굴속으로 몸을 피했습니다

폼페이 최후의 날에
껴안고 죽은 해골들이 살아나
벌레카페 문을 닫았습니다
복면을 쓴 모습으로
다시 태어나는 것은 옳지 않습니다

종일 굴속에 갇혀서
토끼같이 빨개진 눈으로
전화를 겁니다
바이러스 선생, 바이러스 안녕

벌레카페 동인들은 서로 나눕니다
매일 더 뜨거운 물에 마스크를 담그라고

벌레카페를 언급한 오래 된 문장 하나를
되풀이 해 읽습니다.

요즈음엔

박인수(도봉문인협회 회장. 시집 『스쳐지나버린 이야기』 외)

병실 유리창 너머
비온 후 청초록 빛은
오월 끝자락을 수놓고
수술 후 밀려오는 통증
몇 년 전 질곡한 경험 답습하며
며칠 있으면 희망의 초록 향기
가득한 일상으로 돌아가리라

코로나 구름이
온 세상을 뒤엎을 때
얼굴에 깊이 팬 고글 자욱에
밴드 붙이며 다시 환자 돌보는
간호사의 웃음
아직도 기억 속에 남아 있고
이젠 그분들 덕분에
생활적 거리두기 속
세상은 미래를 향해 걷고 있다

언제 끝날 줄 모르는

필수 위생수칙

긴장 속 전염병과의 전쟁

온몸이 지치고 힘들더라도

이루어 내리라

코로나의 종식을

세상의 환한 빛

바람 따라 널리 퍼지리라

캄캄한 가슴속에도

푸른 가슴 빛나는 하늘이 될 것이다.

우주의 메시지

한규동(『문학과 창작』 등단. 시집 『흔들리면 아름답다』 외)

마스크를 쓴 사람들이 건널목에 서있다
모두 입을 막아 놓았다
너무 많은 이야기를 하고 살았나

눈에 보이지 않는 코로나19 바이러스가
입과 입을 통해서 사람들에게 침투하여
숨을 멈추게 한다고 경고를 한다

그동안 악악거리며 침 튕기며 살아온 내 삶의 부메랑일까?
사회적 거리를 두고 입을 막고 살라 한다
묵언으로 참선하라는 계시일까?

녹색등이 들어오자 길을 건넌 사람들
지구의 저편으로 건너가고 있다
삶의 거리를 두고 각자의 삶을 돌아보라 한다

힘내라, 대한민국

김일호(소금꽃시문학회장(역). 시집 『노을에 젖다』 외)

겨울을 이겨낸 꽃이 피기도 전 어쩌다가
잔인한 이름의 생소한 코로나19 바이러스가
바다 건너 하늘을 날아 불쑥 찾아 왔다
동토를 뚫고 나와 기지개를 펴려던 새싹들은
전쟁의 포화 속에 길 잃은 피난민처럼 허둥대다가
앞다투어 하얀 복면을 하고
다시 방공호를 파고 들어가기 시작했다
정부도 의사도 국민도 전열을 가다듬고 입을 모아
연일 쏟아지는 뉴스를 따라 함께 살자고 외쳤다
먼 나라처럼 나만 살자는 사재기도 없었다
이웃 나라 저들처럼 경제 목줄을 잡아채지도 않았다
아주 오랜 날 굳세고 지혜롭게 살아온 민족의 역사처럼
저력을 모은 자랑스러운 대한민국은
코로나19 바이러스와 한바탕 힘겨루기를 했다
승리의 그 날, 국민이 함께 오를 고지가 눈앞이다.
되찾을 안정된 일상으로 서서히 돌아가고 있다
정부 대책의 믿음과 국민들의 참을성과 배려, 그리고
피땀으로 흠뻑 젖은 의료인들의 희생 덕분이다
그래서 눈물겹게 감사하고 또, 감사하다
오늘의 시련을 이겨 낼 수 있는 대한민국의 꿈과 희망은
새 아침의 태양처럼 날마다 세계 속에 떠오를 것이다
힘내라, 대, 한, 민, 국,

고망古莽의 나라

정영숙(시집 『볼레로, 장미빛 문장』 외)

"88일은 『열자列子』에 나오는 고망古莽의 나라에서 지내는 것 같았다. 그 나라는 세계의 서쪽 끝, 남쪽 변두리에 있는데 달리 다른 곳과 경계를 지울 수 없는 자리라고 한다. 그곳에는 음과 양의 기운이 오가지 않으므로 추위와 더위의 분별이 없으며, 해와 달의 빛이 비치지 않으므로 밤과 낮이 나눠지지도 않는데, 거기 사는 사람들은 먹거나 입지도 않은 채 잠만 자되 50일 만에 한 번 깨어나니 꿈속이 바로 현실이고, 깨어난 세상이 헛것의 삶이라 한다."*

코로나바이러스가 도래한 50일 동안
그처럼 나도 고망古莽의 나라에 들어 밤낮없이 잠만 잤다
해와 달이 없으니 여기가 저기고 저기가 여기였다
흰 구름에 실려 가는지 바람에 실려 가는지
애드벌룬처럼 하늘을 둥둥 떠다녔다
머릿속을 비워버리자 몸은 공기처럼 가벼워졌다
팔뚝은 시냇물을 안은 미루나무방죽이 되고
머리칼은 종달새 날아오르는 푸른 보리밭이 되었다
누군가 부는 버들피리 소리에 유년의 화단이
가슴에 들어와 알록달록 꽃을 피웠다
이 나라에는 없는 생소한 말, 꿈밖에서 들리는 환청 소리
코로나라는 헛말은 무구한 꽃향기에 묻혀 달아났다
블랙홀 속으로 사라졌다
말간 우물 속, 하늘에서 울리는 누군가의 목소리에
나는 다시 태어났다 새눈이 열렸다
해와 달을 가슴에 달고 아이들이 맘껏 뛰놀 수 있는
초록들판을 펼치던 50일간의 꿈같은 나라, 지금 여기

*1984년 아이오와시티, 국제창작프로그램에 참가한 박제천 선생님의 이야기 중에서 인용함.

비대면非對面

이덕주(『시와 세계』 편집인(역). 시집 『내가 있는 곳』 외)

며칠이 몇 달이 되고
발자국 소리 들리고
들리지 않는다

언제부터 저 접촉엄금이라는
위험물의 표지가
번호표를 달고 있는 것인지

앞을 막은 마스크로
열린 입이 돌아서고
닫힌 귀가 말을 하려 한다

손끝과 손끝 사이
너와 나,
남아있는 안전거리는 얼마큼일까?

펜데믹 세상

강남주(『시문학』 등단. 시집 『흔적 남기기』 외)

한갓된 바이러스 허상의 무게가
지구를 마구 짓누르고 있다
황무지에다 황량한 바벨탑을 쌓는다
사랑의 언어를 쪼개어 놓고 있다
마스크로 가린 무정의 세계
반짝이던 거래는 싸늘해지고
속삭이던 입술은 가려야 했다
악수하지 말아라
약속하지 말아라
하지 않는 것이 미덕이 되었다
입술을 가린 마리오네트가
변장의 춤을 추며
백치들을 절벽으로 이끌고 간다
대서양을 건너던 타이타닉호가
바이러스에 짓눌려 침몰 되고 있다

머리칼을 자른다

안혜초(『현대문학』 등단. 시집 『귤 · 레먼 · 탱자』 외)

우아함이
다 무엇이고
세련됨이
다 무엇이냐

살아 남으려면
머리칼부터
잘라야 한다
짧게 좀더 짧게

코로나에 갇혀서
죄인 아닌
죄인으로

머리칼을 자른다

답다

정유준(시집 『까치수염의 방』 외)

꽃답다, 글답다
순간 느낌이 와 닿을 때
우리는 그렇게 말합니다
사람이 말하고 글을 안다고
모두 "사람답다" 하지는 않습니다

더불어 사는 관계에서
어떤 사람은 고단하고
어떤 삶은 고울 수도 있습니다

오늘처럼 불안한 시대에
어려운 사람을 보듬어 베풀며
행복을 느끼는 마음 씀새는
가히 아름답다 할 수 있습니다.

코로나에 빼앗긴 봄

민문재(『서울문학』 등단. 시집 『시인공화국』 외)

찬란한 봄빛도 코로나19 때문에
무료했던가, 거실 창을 뚫고 들어와
군자란을 비추며 나와 친구 하자 하네

내게 환하게 미소 짓고 있던 군자란
햇살의 속삭임에 더욱 곱게 얼굴 붉히네
지난해 봄에는 꽃송이가 열다섯 개였는데

올해는 쑥 밀어 올린 꽃대 위 꽃송이 이십 개
향기까지 겸비한 꽃이라면 얼마나 더 좋았을까
이 아까운 봄날 코로나 터널 어서 벗어나고 싶네

봄이 왔어도 기쁘게 맞이할 수 없네
춘래불사춘春來不似春

하이바이, 19

임솔내(한국시낭송총연합회장(역). 시집 『나뭇잎의 QR코드』 외)

섬처럼 사느라
엄마를 내다버린 곳에 가지 못했다
허연 칠순의 아들이 구순의 어미를
음압병동으로 옮기는 걸
멀리서 바라만 보는 모습 티비에 뜬다

꿈처럼 자꾸 도망가라 멀어져라
혼밥으로도 이미 아득해졌을 길
헤지고 굽어진 길 어귀에서
서로 기다릴 텐데

눈에서 조차 멀어지면
어쩌자고
꽃은 자꾸 떠서 지고 있는데

이제 가야지
엄마 버린 곳

하얀 전쟁

김유제(국제펜 한국본부 이사. 한국문인협회 문학기념물조성위원회 위원장)

아무것도 아닌 것 같이
심장을 향하여 날아온다
소리도 없이 깜깜한 밤에도
숨어 피어 독향을 뿜는다
근심 불태운 하얀 아침에 우는
새 소리까지도 코로나 코로나
허깨비 소리가 들린다
모두가 살아남아야 한다.

빨간 목장갑 −코로나바이러스

박무웅(한국시인협회 이사. 시집 『지상의 붕새』 외)

그동안, 사람은 가까워졌지만
마음은 멀어졌다는 뜻이다.
우리가 무심코 마시고 뱉은 숨들 끝에
날카롭고 뾰족한 물기들이 묻어 있었다는 뜻이다
자신의 온전한 영역 속으로
비좁은 관계들을 끌어들였다는 뜻이다.
사람 속으로 짐승의 목숨을
함부로 끌고 들어왔다는 뜻이다.
탐식(貪食)과 혀의 탐욕을 박차고 나온
기형의 유령 한 마리가 날뛰고 있는 것이다
웃고 떠들고 어울리던 연대(聯隊)들이
서로를 죽이는 비밀의 전쟁을 벌이고 있는 것이다
보이지 않는 의심 속에 들어가 문을 잠그고
전전긍긍의 시간을 보내고 있는 것이다.
연기가 피어오르지 않는 공장의 굴뚝들과
닫힌 철문들에 걸어놓은 누군가의
빨간 목장갑 한 켤레가 한가하게 찍혀 있는
신문의 첫 면을 피해,
잠시 겨울잠을 자는 짐승들처럼
그 옛날 환웅과 웅녀가 쑥과 마늘로 견딘 맵고 쓴
그 시간들처럼 격리를 견디고 있는 것이다.

그러니까 지금은
헝클어진 지구가 새로운 배열을 위해
애쓰고 있는 중일 것이다.
그동안의 빽빽했던 지구의 밀도를
시원시원 솎아내고 있는 중일 것이다.
사람이 비운 길로 사슴이 무리지어가고
딱딱한 시멘트위로
푸른 숲이 어슬렁거리는 지구의 곳곳마다
시간의 단위와 면적 율들을
재조정 하고 있는 중이다.
약이 없는 병의 시간을
스스로 치유하는 시간인 것이다.

사랑받는 꽃

한다혜(한국문인협회 영천지부 회장. 시집 『나무가 짙어서 아프다』 외)

사랑받는 꽃은
정말이지
고운 빛이 절대 아니다
까닭은
온몸이 으깨진 멍든 색이기 때문이다

튼실한 나무일수록
불평 없이 뻗는 잔뿌리의 간절한 정성이 담긴다
그처럼
참한 사람은 누구에게나 따뜻하여
고운 솜씨가 눈으로 퍼져
자취 없어도 향기가 오래간다

가지마다 물오른 이 봄날에
너그럽게 차례를 기다리는 꽃눈은
차가운 밤에도 꽃수를 놓으며
잎눈이 지기를 기다린다

척박한 땅일수록
사랑받는 꽃은
조용히 웅크려서 저린 발로 꽃귀를 맞추며
도리를 지켜 꽃파랑이를 만든다

몽환의 다리에서

김선진(『시문학』 등단. 시집 『마음은 손바닥이다』 외)

3월이 다 하는 끝자락
〈사회적 거리두기〉로 집안에 갇혀
유리창 너머 흐드러진 자목련 꽃잎의 손짓을 본다
왜 갇혀 있느냐
왜 나를 보러오지 않느냐
희뿌연 안개 속에서 예년보다 더 빨리 보채더니
바깥은 제법 봄맞이 채비가 한창이다
「코로나 블루」에 함락된 지 어언 두어 달
잠을 자고 깨어나도
늘 몽환의 다리를 건너듯 출렁인다
세상을 물리고 떠나는 애달픈 기별이 오는데
조문조차 꺼리는 희한한 바이러스 인심
불청객 치매로 말살되어 가는 친구는
평생의 동반자 남편의 마지막 가는 소식도 모르고
지난 날 일상의 작은 행복이
금싸라기 보석으로 찬란했음을
이제 와 막막한 희망이 가시가 되어 자꾸 목에 걸린다
탈출구도 없고 어디 맘 편히 쉴 곳도 없는 지금
이 산 저 산을 이어주는 몽환의 다리에서
오도 가도 못하며
메아리 없는 그리움만 한없이 붙들고만 있을 뿐이다.

천국을 살다

이신강(한국문인협회 자문위원. 시집 『퍼포먼스시와 시극』 외)

금 수 강 산
어느 곳에서나
물을 마시고
보고 싶은 사람 만나
식사하고 차 마시고
사랑하는 문우들과
금요포럼 강의 듣고
행복했던 나날들

가라가라
어둠이여 가라
우리가 얼마나
대단한 민족인데
네까진 것이
발붙이게 둘 줄 아냐!

역설, 코로나19

진 진(『월간문학』 등단. 시집 『40명의 도둑에게 총살당한 봄』 외)

2019년 12월 어느 날, 코로나가 우한을 덮쳤다. 사람들이 모인 곳이면 어디든지 나타나 무차별로 총을 쏘아댔다.

동양인이 쓰러지고, 무슬림이 쓰러지고, 유럽인이 뉴요커가 쓰러지고, 문밖 일상이 사라지고…,

창에서 창으로

망에서 망으로

힘내라고, 힘내자고

뜨거운 함성이 오가는 사이 하늘이 맑아지고, 바닷물이 맑아지고, 거북 떼가 돌아오고…,

코로나19가 세상을 바꿔놓았다.

너와 나의 관계 망을 넓히라고,

완고한 인식의 틀을 깨부수라고,

멈춰버린 시간

도경원(한국문인협회 '문학치유위원회' 위원장)

누가 예상했을까 세상이 멈추게 된다는 것을
비가 오는 날 아침부터 두 시간을 넘게
긴 줄을 서서 기다린 끝에 겨우 두 장의
마스크를 사들고 돌아오면서 삶이 멈춘 듯하다

기다리다 지쳐 이웃집 계단에 털썩 주저 않던
노파의 주름진 얼굴이 자꾸 따라온다
미세먼지 심하던 날 "왜 마스크를 안 쓰나" 물으면
"오염된 공기 마셔서 정화시키려 한다"며 웃었는데…

다른 사람들을 위해서 서로의 얼굴을 가려야하는
절박한 현실에 휩싸여 만남도 멈추고 마음을 나누던
시간들도 멈춰버렸어, 언제 다시 볼 수 있느냐는
전화기 저편 어르신들의 엷은 목소리가 눈을 찌른다.

다시 그 시절이 돌아올 수 있을까? 오래전
'코로나'라는 괜찮은 자동차도 있었는데 지금
같은 이름을 가진 형체도 없는 세균에 멱살 잡혔다

얼굴을 가리고 다니니까 화장을 안 해도 괜찮다는
아낙의 웃음소리가 아스팔트 위에 굴러다닌다.
시간을 되돌려볼까 재활을 위해 삶의 태엽을 감는다.

연담재蓮譚齋, 4월

탁영완(한국문인협회 자문위원. 시집 『해인의창』 외)

2, 3월 봄기척도 숨어 연담을 엮고 있다
수석에 시화 둘러 그림까지 걸어두고
수상한 기운 기웃도 못할 홀로 집을 짓는다

고개 들면 창 너머 황령산 고운 능선
연두 초록 연분홍 몽글몽글 삭이다가
왼 종일 손가락 묻혀 파스텔 문지르다

매화 도라지 생강꽃차 스스로 끓어
무색한 가슴 한켠 향이나마 채우고서
시객 없는 후렴이듯 쌓여 고요가 기운다

고요를 묻은 연못, 무아 물고 핀 연담이라
역병의 봄 지쳐 떨어진 꽃잎이라도 모아서
숨죽인 시절, 견디는 4월 아래 흩어두마

세균

김점순(『문학세계』 등단. 시집 『아침에 눈을 뜨면』 외)

짓무른 일상이
눈먼 장애를 입고
쑥대밭 길섶을
더듬더듬 걷는다

굳게 닫은 장지문 앞
어둠이 지피는
혼탁한 매연은
내일을 노리고

떨리는 오늘의
야윈 모습에
수국의 고봉밥을
먹이고 싶어
탈피의 순간이
곁눈질하고 있다

새들의 합창
북적대는 꽃들이
경이로운 아침
이슬은 해맑고 힘찬
여명을 푸는데

이 어여쁜
세상을 슬프게하는
너는 누구냐 누구의
그림자며
배설물이냐

코로나19 –의료진들을 위하여

임보선(국제펜 한국본부 이사. 시집 『내 사랑은 350℃』 외)

코로나19에 흠뻑 빠진 소나기 땀
江이 되었다

강둑이 터진 홍수
2020년의 봄날도, 꽃들도
사람도, 짐승도, 마스크를 쓰고
다 휩쓸려 떠내려간다.

단 한 생명이라도 더 건지려는
대한의 슈바이처 의사선생님들이시여
대한의 나이팅게일 간호사님들이시여

당신들의 고귀한 희생과 봉사
거룩하시고 훌륭하신 그 정신
존경합니다 기억합니다.
당신들이 계시기에 불안 속에서도
안심합니다 고맙습니다 사랑합니다.

계절이 다가도 언제까지나
태양보다 더 눈부신 마음의 꽃을
어둠속 불빛보다 더 빛나는 감사의 꽃을
가슴, 가슴, 그 가슴 마다, 마다에
떨리는 두 손으로, 달아 드립니다.

4부

마스크 사기

아름다운 마스크

마경덕(세계일보 신춘문예. 시집 『신발論』 외)

거리는 온통 마스크의 물결이다

나무들은 마스크를 쓰지 않고도 봄을 껴안는다
이른 봄의 치맛자락에 숨어 슬쩍 국경을 넘어온 침입자는
사람이 과녁이었다

누가 보낸 신종 자객인가
적은 보이지 않는다
몸을 관통하는 바이러스
노출된 입과 코가 입구였다

명중, 명중이라는 소식들
날마다 뉴스는 뜨겁다

빠른 추적이 시작되고 속속 밝혀지는 경로들
서로에게 거리를 두고
정해진 곳에 머물 때
누군가는 방호복을 입고 전쟁터에 뛰어들었다

마스크로 입구를 봉쇄하라는 지시에
국민은 대한민국을 믿고
나라는 국민을 믿었다

날마다 보도되는 승전보에
전 세계가 경악했다

격전지에 봄이 오고
희망의 출구를 향해가는
마스크로 꽃을 피운 아름다운 사람들을 보았다

추운 봄

동시영(『다층』 등단. 시집 『비밀의 향기』 외)

겨울 다 간 봄날
사람들 발이 발발 떨고 있다
바이러스에 쫓기다
발발 떠는 발

파릇파릇 봄이
시큼시큼하다

먼 풍경들이 그림자처럼 서 있다

코로나19

신을소(한국기독시협 회장. 시집 『외출』 외)

한 자락 바람처럼 지나가기를
여러 날 기다렸다
소낙비라도 시원스레 퍼부어
말끔히 씻겨주길 바라는
기다림의 시간은 길어만 간다
문명의 첨단을 자랑하는 나라와 나라마다
바이러스 균으로 신음하고
마스크와 의료장비 부족으로 고심하는 의료진들과
재난대책본부의 공무원들
사람들은 죽어가고
도시의 거리는 텅 비어
함께 주인이던 짐승까지 돌아온다
오직 그분만이 해결하실 수 있는 일
우리들의 죄 때문인가,
그 옛날 다윗의 범죄를 전염병으로 다스리던 때처럼
회개하고 용서를 구하면
이 재앙을 멈추게 하실까
온 인류가 미스바로 모여 다시 한번
회개의 기도를 올려야겠다.

닫힌 문

남민옥(『문예사조』 등단. 시집 『바람에게 길을 묻다』 외)

2020년 봄, 갑자기
문이 닫히기 시작했다
우환 발 코로나바이러스가
이웃의 문을 잠그고
사람과 사람의 문을 닫아버렸다

문이 닫혔다
닫힌 문 안에서 사는 일
몸의 온도를 감시하고
손바닥이 닳도록 씻고 또 씻으며
긴 봄 내내 KF94 마스크를 쓰고
사람 드문 거리를 골라 걸었다

닫힌 문을 보며
꽃들은 서로서로 피어나고
가슴 아린 낯선 풍경에
마스크 위로 향기를 흘렸다

문이 사라진 것은 아니다
닫힌 문을 열기 위해
답답한 마스크를 쓰고
담담히 살아낸 그대들이 있어
모든 문을 열릴 것이므로

새로운 일상

권오휘(한국문인협회 경북지회 부회장. 시집 『추억은 그 안에서 그립다』 외)

힘들어도 바람은 길 위를 지나간다

새순이 언 땅을 헤집고
자라는 계절
꿈과 희망이 따뜻한 햇살 받는다

늦어도 돌아올
바람 너머
준비된 새로운 일상

내가 아닌 다른 사람
서로를 위한
설렘 가득 꽃을 품으며
햇살 뜨거운 계절

길 지나
움츠리고 답답한 순간
생활 속 거리로
서로 지키고

힘듦이 보람으로
고통이 행복으로
새로운 일상을 위해
꽃이 세상으로 나온다

해바라기

이희국(『시문학』 등단. 시집 『파랑새는 떠났다』 외)

단칸 방, 밤새 드르륵대던 편물기 소리에도
눈 감으면 새벽까지 깊이 잠들던 나
어머니의 냄새는 평온의 꽃을 피우는 자장가였다

허공에 똬리를 틀고 국경을 넘어와
어둠 속에 숨은 저 신종 바이러스
소리 없이 사람의 폐를 향해 촉수를 뻗는다
전 세계를 향해 포자를 뿌려대는
검은 왕관, 새빨간 아귀의 혀
질긴 시간 속에 여기저기 신음 소리 울리고
나눔의 땅 물줄기도 말라 바닥이 갈라지고 있다

그러나 두려움 없이 맞서는 사람들
생업을 멈추고 대구로 달려간 의사, 간호사들
추위에 떨며 줄 서있던 사람들 눈에 밟혀
새벽 6시 문을 열고 마스크를 전하던 약사들
어머니의 헌신, 아버지의 땀이 묻어나는 그들의 손길을 통해
수많은 죽음들이 사슬을 끊고 어둠을 빠져나왔다
겨울과 봄을 삼키고 지금도 여전히 틈을 찾지만
이제는 힘을 잃어가는 코로나, 코로나

세계를 향해 극복의 횃불을 높이 든다
넝쿨장미 향기를 내뿜고 산딸나무 하얀 얼굴 수줍게 내미는
2020년 초여름 대한민국 사람들

두려움에서 배우다 —코로나19에 부쳐

김미숙(시와시학동인 회장. 시집 『저승, 톨게이트』 외)

그대, 심술쟁이 신이여
예고 없이 찾아와 절망으로 맞이하고
분노로 밀어내도 물러서지 않는구려

이제 지치다가 분노하다가
조금씩 적응해가는 나를 본다오

오만의 껍질을 벗겨내고
겸손을 배우며 입 가려 말조심하고
더럽힌 손 하루에도 몇 번씩 씻어내고
타인과 나 사이의 거리를 존중하며

내가 누군가의 고통이 될 수 있다는 사실을
기억하고 또 기억한다오

그대 심술궂은 신이여

가르침이 충분하다고 말하지는 않겠오
호통도 이만하면 족하지 않겠소?
이제 각자의 길을 찾아 떠나는 게 어떠시오?
그대의 교훈 결코 잊지 않으리니.

2020 삼월 COVID 19 PANDEMIC

강숙려(한국문인협회 캐나다 밴쿠버지부 회장)

기가 막히고 얄궂다 세상이 참

한갓 작은 바이러스 한 종種에
서로가 두려움이 되어버린 사람들이
일상의 그 작은 것들을 그리워하면서도
온통 경계의 눈빛으로 선을 그어야 한다

오리알 같은 내 새끼들 안아본 지도 오랜
카톡 하나만이 세상의 연결 고리다
어디에서 본 안타깝던 영화의 한 장면 같다 꼭

하늘에 닿을 듯 올라가던 경제산업은 이미 무너져 가고
인간의 한계를 넘은 바벨의 성이 된 것인가

정말 때가 된 것일까
세상의 종말은 이렇게 오는 것인가
처처에 기근과 온욕과 지진과 핏빛 달이 뜬다는…

소리 없는 흑과 백은 시작되었고
자연을 거슬리던 인간의 이 허둥지둥
검은 그림자가 스물스물 들이미는
창을 꼭 닫고 앉은 이 무능 앞에
행여
먼 날 우리는 이기며 살았노라 말할 것인가
두려움에 떨다 이슬처럼 갔다 적힐 것인지

저만치 오다 만 삼월이
봄비에 젖어 화달작 피어나길
간절히 두 손을 모을 뿐이다.

이천이십년의 봄

임현숙(한국문인협회 캐나다 밴쿠버지부 회장(역))

코로나바이러스가 판치는 봄날
문안에 갇혀 창밖의 봄을 바라보니
배꽃이 천사의 날개 같고
벚꽃은 만삭으로 낼모레 순산하겠다

지구촌 방방곡곡이 신음하는데
아무 일도 없다는 듯
또 한 번의 봄이 활짝 피어나는 중이다

집안에 묶인 몸을
봄은 얄밉게 홀리지만
기억의 물레방아만 돌릴 수밖에

너와 내가 더 멀어지는
이 시절이 잔인해도
깜빡이나마
바이러스의 무게를 잊게 하는
철부지 봄이 고맙다.

2020년 오월은 그렇게 오셨다

안봉재(『순수문학』 등단. World Poetry Reading Society 정회원)

해마다 오월은
새색시 고운 자태로 오신다
창포물에 머리 감아 빗고
아카시아꽃 하얀 버선발로
나비 날개에 사뿐히 얹혀 오신다

올해도 오셨다, 오월은
공포의 코로나바이러스도 아랑곳없이
따뜻하고 부드럽게
싱그럽고 어여쁘게
자비慈悲의 화신처럼 오신 님

방종과 이기심에 날뛴 벌罰로
온 세상이 팬데믹 쓰나미에 허우적거릴 때
두려움에 떠는 영혼들을 위로하며
멍든 가슴들을 용서하고 다독이며
"견디거라, 조금만 더 견뎌내거라
삶은 가장 무거운 것을 견뎌내는 것이니라!"

2020년 오월은 그렇게 오셨다
라일락 그윽한 향기 하늘가에 흩뿌리며
연록색 숙고사 겹저고리 입고서
눈부시게, 오오, 참으로 눈이 부시게
눈물겹게 오셨다.

우리 아직은

한정우(약천 남구만 문학상 수상 등단. 한국문인협회 회원)

벌써 어둡다고 소리치면 안 된다
아직 더 아프고
아직 더 캄캄해질 밤이 남았다
짙은 어둠이 큰 고독으로 옮겨가고 있는 걸 직감한다
어둡고 두려웠으나 그곳에 보이지 않는
컨트롤타워가 세워지고 있음을 알아챈다

스스로를 가두라 한다
울을 더 더 더 높이라 한다
어떤 도시에는 빗장을 걸라한다
국경을 폐쇄하라 한다
저항할 수 없는 저 경계

눈도 코도 입도 사라진 절망 속에서
나는 너의 안부를 묻는다
내 눈 깊숙이 멈춘 어둠 속 너의 얼굴은 맥없이 말라 있구나
너의 뜨거운 열병을 내가 대신 호흡할 수 없는
저 고독한 어둠 벽, 지독한 열병보다
창궐하는 어둠이 더 두려운 거다
열병은 이미 내륙과 내륙의 국경을 넘어 바닷가 마을을 건너
세계의 지도 위를 줄기차게 뻗어가고 있다

사람의 거리엔 사람이 없다

사이와 사이로 눈빛이 닿을 수 없는
나는 네가 몹시 보고 싶다

우리 사이로 아무것도 닿을 수 없는

마스크를 쓰고

김원길(『월간문학』 등단. 시집 『開眼』 외)

오늘도 마스크를 쓰고
바람 부는 강둑길을 걷는다.

마주 오던 젊은이가
마스크를 쓴 채 눈인사를 한다.

반가운 얼굴
허나 우린 멈칫멈칫 악수도 않고
비끼어 간다.

언제까지 우린 이래야 하나

지척에 갇힌 사랑하는 사람아.
죽음을 무릅쓰고 만나고 싶지만

조심하자고,
조금만 더 견뎌보자고
강둑에 서서 간절한 문자를 보낸다.

술래잡기

김예태(한국문인협회 회원. 시집 『빈집구경』 외)

밝은 해의 스위치를 내리고
깜깜해진 마을들이 술래잡기를 하고 있다
국적도 불분명한 코로나(코로나19)가 술래라고?
술래의 눈을 똑바로 한 번 바라보지도 못하고
마스크 하나에 몸을 숨겨 뿔뿔이 흩어진다
골목마다 대문마다 창문 닫는 소리 빗장 지르는 소리
삐죽삐죽 발이 많아 발 빠르게 터치한다는 괴소문에 쫓기어
금 안으로는 들어갈 수 없는 수족관의 안과 밖
수족관을 빙빙 돌며 터치의 기회만 노리는 만년 술래

본부의 훈령으로 숨어있던 사람들이 새로 술래가 되었다
해와 달을 몇 개씩 달아 올려 수시로 잠행을 하며 규칙을 위반하는 코로
나를 수색한다
발자국을 쫓아서 커다란 그물로 생포하여 음압 속에 가두어 놓고
"무궁화 꽃이 피었습니다"
"무궁화 꽃이 피었습니다"
"너 나와 주욱었어"

바람, 햇빛, 바다

김정임(『미네르바』 등단. 시집 『마사의 침묵』 외)

바깥에선 무참하게 꽃이 진다
빙벽에 갇혀 있던 억만년의 바이러스가 눈을 뜨는 걸까
시간은 스스로를 돌려세우고
나날이 어두워지는 별
잠깐 세 들어 사는 사람처럼
외계의 존재가 되어가는 중일까
저 촉수의 끝에는 더욱더 위험한 짐승이
도사리고 있는데
지금 우리는 서로 잘 모르는 사람
차곡차곡 쌓은 벽 안에서
자기 안의 어둠을 들여다 본다
바람과 햇빛과 바다로부터
뒷걸음쳐야 하는 이유는
네게 등을 돌린 내 얼굴 때문인가

그대들의 아름다운 이름

전원범(한국일보 신춘문예. 시집 『밤을 건너며』 외)

사람들이 짓는 일 중에 사람을 마음에 두는 일만큼

소중한 일이 없다 했는데 더욱이

자기를 희생하여 남을 위해 하는 일이란

거룩한 일이 아닐 수 없습니다

나라가 온통 역병에 흔들리며

우리 모두 데인 가슴으로 마스크 하나 쓴 채

이 긴 터널을 지나고 있는데

바람 앞에 전신으로 막아 선

방파제의 테트라포드(tetrapod)*여

우물에 두레박 내리듯 관음觀音의 손을 펴신 이여

내색할 것도 많고 때로는 큰소리 낼 법도 한데

묵묵히 함께 동행자가 되어

나라를 살리고 우리를 살린 이들이여

생명이란 혼자만의 것이 아니란 것을

인생은 사랑이었음을 이제사 깨닳았습니다

그대들은 이름이 하나 더 생겼습니다

그대들은 대한민국의 영웅입니다

그대들은 우리를 살린 사람입니다

이 이름으로 터널을 벗어나 다시 밝아집니다

존경합니다 사랑합니다

아름다운 분들이여

*방파제에 사용하는 콘크리트 블록

초록 콧물 −코로나의 봄에

서정윤(『현대문학』 등단. 시집 『홀로서기』 외)

착한 거리두기는 가로수들도 지켰다
금방 흩날릴 꽃이
눈물로 해결될 일은 아니었다고 말하고 있다
숨쉴 수 없는 백날이 지나고
모래 다 빠져나간 오월의 손바닥을 든다
가득 찬 허무를 일으켜 세운다고
오래 사용한 팔목 통증이 사라질까?
옷깃 어디엔가는
그 봄의 초록 콧물이 묻었다는 걸 안다

관절 꺾이고 폐혈관 찢어지는 소리에 새겨진
모든 안 좋은 대구를 잊기로 했는데
흩어져야 살아나는 별의 갈색 손마디 뼈
참고 견딘다는 것이 혼자의 힘으로 안 된다는,
파꽃처럼 여럿이 모여야 횃불로 타오를 수 있고
가족으로 둘러앉을 수 있다는 걸 알지만
갑자기 미세한 무기력함이 지나가는데
그것이라도 붙잡아야 하는 게 더 처절하지만
꽃밭 위 뭉쳐있는 큰 물길
이끌어야 할 때가 온 것이다
이기는 팀에 속해 있으면
물풀 사이 갈앉은 별 건지는 일이 즐거울 것이다
두 팔 벌리고 선 가로수에서 착한 거리두기 배웠다

수상한 동행자

김청광(『산림문학』 발행인. 시집 『나무여 큰 숲이여』 외)

내가 길을 나설 때
갓 쓴 낯선 이
뒤따라오기에

꽃이며 새싹이며
세상에 전할 선물 한 짐
좀 거들어주나 했는데

난데없이 강도로 달려들어
목에 칼을 겨누네
이 밝은 대낮에

나는 그렇다치고
내 선물 기다리며
한겨울 보낸 자식들

한 발 앞선 저 강도
자식들에게도 칼 휘두르네

나는 겨우 목숨 부지한들
대체 이일 어찌해야 하나요
천지신명이시여!

*수상한 동행자 신원: 으슥한 곳마다 출현해 목숨을 빼앗는 악질범죄자 코로나19로 밝혀져
체포 즉시 비상조치법에 의해 재판 없이 즉결처분 한다고 함

코로나, 너도 가거라

김용재(한국현대시인협회 명예이사장. Poetry Korea 발행인)

봄동 떡배추 품속에
갯바람 놀고 간 아무런 흔적도 없는데
한 나절 겉절이 아삭한 음정, 내속을 파네
그 된장국, 그 부침개, 허공에 세운 엄지척
연금(軟禁)도 도도하다
육체의 가시와 교전을 할까

사라지는 것을 갈채하며
가거라 38선아, 옛노래 꺼내부르며
코로나 너도 가거라, 거듭 저승 가거라, 빌며
죽음에 붙은 바이러스의 자유 또 저주하며
살아있는 람보의 복수를 주문한다
죽음의 찬미, 장엄한 예술 부른다.

부끄러운 만보

김정현(한국현대시인협회 이사. 시집 『내가 사랑한 사기꾼』 외)

아파트 12층 사는 그녀는
확진자, 살천지로 수북이 쌓여 생긴 섬

섬을 개간하기라도 하는 걸까
필사적인 몸부림은
엘리베이터 등지고 계단으로 향한다

삼층쯤에서 밀린 호흡 모으고
사층쯤에선 멈춘 심장을 쓰다듬고
겨우 올라 선 오층에서 그녀의 얼굴이
쿵쾅거리며 빨갛게 달아오른다

엘리베이터를 부를까
바다가 담긴 푸른 손수건으로
갈등을 닦고 다시
계단을 센다

창안과 창밖

박영숙영(한국문인협회 회원. 시집 『길 The Road』 외)

훈풍 불어오니 구름 흘러가고
꽃은 피어
봄은 저만치 와 있는데

자유를 박탈하고
자연을 유린한 죄인을 가두고
코로나19가 문을 잠가 버렸다

천둥과 비, 바람에 흔들리며
칠보색 젖을 먹고 자라나는
땅에 발붙이고 사는 모든 생명체

인간이 쏟아내는
오염된 공기를 마셔야 하는
자연의 아픔을 몰랐던 이기주의 인간

발목 족쇄 풀어 주길
용서를 빌면서
녹음 우거져 가는 창밖을 본다

점 하나 없는 푸른 하늘
자유로이 날고 있는 새를 보며 깨달은
우리 함께 숨쉬는 자연의 소중함

각북*에서 쓰다

이기철(『현대문학』 등단. 시집 『청산행』 외)

한 달 전 도착한 코비드일기를 詩상자에 담아 우송합니다 받기 전 두려움에 지레 갑주를 준비하지 않아도 됩니다 날씨 맑고 기온 영상입니다 나나니벌은 아직 오지 않았고 흰줄팔랑나비만 금방 도착했습니다

마음이 한 장인 사람과 마음이 스무 장인 사람의 하루의 길이는 같지 않습니다 어떤 감정은 빗물처럼 흘려보내고 어떤 감정은 못질해 박아놓았습니다 어찌하면 즐거움을 수바늘로 박음질해 반짇고리에 담아둘 수 있을까요

아시는 대로 답장 주시면 오래오래 옷깃에 기워놓겠습니다 차제에 색실 골무 코바늘 헝겊들도 함께라면 더 좋겠습니다

오늘 저는 강을 건너며 물속에 산이 크는 걸 보았고 수심에 나무들이 거꾸로 자라는 걸 보았습니다 원하시면 그것도 동봉하겠습니다

대수롭지 않겠지만 제 가진 필통 속 연필 지우개 분도기와 재키칼과 강건너며 본 앞산과 꽃 핀 명자나무와 내게 온 어린 하루도 동봉하겠습니다

당신과 나의 봄을 훼방 놓은 이 병원균을 무슨 말로 형언하겠습니까 안심입명이란 말을 사전에서 한 번 더 찾아보았습니다 소문 흉흉하지만 참고 견디면 곧 살구꽃 벚꽃이 벌들의 신접살림을 차려 줄 것입니다 저기각시붓꽃 병아리난초들이 제 차례를 기다리는 모습이 보이네요

*각북: 경북 청도군 각북면

어색한 동거

이기철(송현. 한하운문학회 이사장. 산이랑 글이랑 운영자)

어색한 동거가 끝나지 않는다

꽃놀이에 끼어 든 불청객으로
겨울옷을 입은 채
모두가 옷을
갈아입은
문밖을 기웃거린다

봄바람 들락거리는
대문이 망부석처럼 서 있고
유채꽃은 벌써 숨어 버린 지 오래
벚꽃 축제도
장미 축제도 숨죽이고만 있다

멀리서 날아 온 빨강 박쥐 한 마리
오고 가던 이웃 간의 정도
나눔 대신 거리를 두어야
이웃을 사랑한다며
정겹던 이웃마다 빨간색 금줄을 친다

코로나가 불러온
이 소리 없는 전쟁으로
나도 입도 없는 눈만 두개뿐인
외계인이 되어

장미가 눈웃음치는 중랑천을
올해는 외계인들과 어울려 본다

나이팅게일의 후예들

심은섭(경인일보 신춘문예, 『시와세계』 평론 등단)

그와 명함을 건넨 적도 없거니와 얼굴을 본 적은 더욱 없다 다만 중국 우한에 살았다는 것과 그의 체구가 왕관처럼 생겼다고 방송국 앵커가 귀띔을 해주었을 뿐이다 그렇게 신원을 알 수없는 자가 철쭉꽃이 만발한 한반도로 침입을 했다

그때부터 밀떡을 얻으려고 들판에서 등을 태우던 밀짚모자와 일 년치 사글세를 마련하기 위해 굉음의 기계가 온종일 돌아가는 공장에서 구슬땀을 흘리며 일원짜리 동전을 닦던 어둠 속의 궁핍들이 애원하는 생사의 아우성이 들려왔다

생환의 귀가를 도우려고 마스크와 고글을 입고 잠든 나이팅게일의 후예들, 타락한 인간의 땅을 정화하려고 흰 가운을 입고 목에 청진기를 걸친 히포크라테스의 후예들이 라파엘 천사의 눈빛으로 세상은 다시 원형으로 부활하고 있다

봄이 슬프다

나숙자(한국여성문학인회 이사. 시집 『작은 자유를 위하여』 외)

몸이 멀어지면 마음도 멀어질까
멀리 더 멀리

너와의 거리도
꽃과의 거리도
가까이 가까이는 안됨

햇살도 바람도 부드럽고
세상은 반갑기만 한데
코로나로 잃어버린 시간

봄눈에 눈물이 고여
봄이 슬프다

침묵의 꽃

안기찬(한국문인협회 회원. 담쟁이문학회 회원)

적막한 검은 두 눈에
멈춰선 그림자

아아, 아스팔트 위를 맴도는
침묵의 꽃이여
어둠에 뿌리내린
정갈한 순교의 불꽃이여

출렁이는 물결처럼
다시 일어나라

이제 검은 마스크는 벗어버리고
햇살 곱게 내려앉은
향기 가득한 한송이 들꽃으로

초록가시의 시간

배선옥(『시문학』 등단. 시집 『회 떠주는 여자』 외)

　모래바람이 불었어 지독한 광기였지 놀란 구멍들은 일제히 문을 닫아
걸었고 미처 고장 난 경첩을 손보지 못 한 내 마음만 뒤늦게 허둥거렸어
그러더니 이번엔 서둘러 닫아걸었던 문이 빨리 열리지 않아 난리법석인,

　메뚜기 떼처럼 쏟아져 들어온 모래알에 잘 갈무리해 놓았던 꽃밭이 누
더기가 되었어

　그런 밤엔 모래언덕에 누워 하얗게 빛나는 별의 살갗을 쓰다듬었지 가
만가만 궤도를 따라 비밀번호를 누르면 팔짱을 끼고 버티던 방정식이 풀
렸지 어렵게 다시 찾은 구멍을 매만져

　깊이 숨겨놓은 수맥을 터트리고 물길을 만들고 드디어 푸른 나무가 되
고 욕심껏 햇살을 움켜쥔 진초록 그늘이 되고

귀가 자라난다

위상진(국제펜 한국본부 기획위원장. 시집 『그믐달 마돈나』 외)

마스크가 얼굴이 돼버렸어, 국경을 넘어
공 같은 지구에 왕관을 씌워 버렸지.

바이러스처럼 번져가는 립스틱 묻은 마스크
당나귀처럼 귀가 자라났지
얼떨결에 받아버린 택배처럼
자꾸만 너의 웃는 모습이 보이는 건
나만의 환영일까.

창문을 문에 걸어 두고 알 수 없어지는
COVID 너는, 매일매일 비밀번호를 감염시키는
유령의 메아리 같아

어둠 속에서 그림을 보는 것 같아
침묵이 허기진 말을 한다. 벙긋거린다. 지워진 속옷의
라벨처럼 치수를 알 수 없는

자신의 호흡을 삼키는 떠도는 섬,
누구에게도 가닿지 못하고
그림자처럼 겹쳐지는 일은 없을 것 같아
눈으로 말해요, 가려진 기호를 읽어내야 하는

고글 자국과 반창고에 저녁 기도를 더듬을 때, 방호복 안에서
흘러내린 땀, 감염 지역으로 경주마처럼 달려간 당신들의 용감
함으로 지구를 일으켜 세운 전사들

소리 내지 못한 죽음에 휘발되는 눈물, 백색 꽃을 지나가는 검은
바람은 머뭇거릴 시간이 없었지, 카뮈의 「페스트」가 다시 읽힌다
지, 질병의 교과서를 뒤늦게 펼쳐들지만

허기진 말은 국경을 잃어버리고 출국할 곳 없는 출국을 기다리는
지구에 칩거하는 우리는, 또 당신들을 향해 자라나고 있는 귀, 귀
여기, 있다

거리두기

김금용(『현대시학』 등단. 시집 『광화문쟈콥』 외)

사람이 문제였어요
사람이 바이러스였어요

애초부터 일 미터 이 미터 거리두기를 해온 동식물들은
코로나19로 사람들 발걸음 끊어지자
연두빛 풀향이 넘치네요
꽃향이 되살아나네요

코로나19에 집안으로 숨어버린 세계인들
비행기 길로 얼룩졌던 하늘이 파랗게 맑아졌어요
봄이면 누렇게 덮치던 황사가 사라졌어요

코로나 퇴치가 코리아에서 앞장 선 건
위기엔 기회가 있다는 걸 알아서죠
전국토의 70%나 되는 산이 숲이 공기정화를 시켜줘서이죠
코로나19 퇴치법은 자연의 소생이죠

마스크로 침 튀기는 욕심을 가리니
눈빛이 맑아지네요
귀가, 목이, 시원하네요
거리두기로 눈, 코, 귀가 뚫리네요
자연의 경고가 이제야 들리네요

숨겨진 영웅

임상호(경기도문인협회 부회장. 서광문학회 회장)

그대
모든 걸 가렸어도
틈새로 보이는
그 따스한 눈빛의
다른 이름은
오로지 희생입니다.

작은
등불이 되어
고통으로 신음하는
절망 속의 그들에게
삶의 길 인도하는
숭고의 정신입니다.

먼 훗날
당신의 이름이
모두의 기억 속에서
잊힌다 해도
우리는 이미 숨어버린
백의의 천사 앞에
묵묵히
고개 숙일 뿐입니다.

악마에게 보내는 편지

은학표(한국문인협회 동작지부 회장. 시집 『설파의 불꽃』 외)

하늘과 땅 바다를 모두 봉쇄해도
유행의 발병이 난세로 딜레마에 빠져
조용한 지구에 난투극을 벌이고 있다
귀신도 잡아먹는 투자법을 아는 너는
지옥에서 보내준 저승사자이더냐
세균 보따리를 푼 심보 앞에
여러 날이 죽치고 코가 빠져 있다
골키퍼처럼 제아무리 선방을 해도
인정사정없이 무더기로 발진하니
천하장사도 막을 수가 없다
가진 것이 살인 무기라고
온 동네 나팔 불고 다니는 너는
더 이상 매입하지 말고
봇물로 쏟아 붓지 말고 멈춰 다오
물고 늘어지는 늑대 같은 근성

족쇄 같은 그물을 끝장으로 던지고
제 집이라고 앞 다투어
생이 살던 집 방을 빼라고 하니
아닌 밤중에 왠 날벼락이야
삶이라는 것이 전부 맨붕 당했다
니가 나타난 후부터 모든 게 억망진창이다
더 이상 인류를 괴롭히지 말고
영영 지구를 떠나면 원상 복구될 텐데
널 잡아먹는 백신이 나오기 전에
빗장을 풀고 연기처럼 사라지면 좋겠다
기억하고 싶지 않은 존재가 바로 너니까

이기리라

박순하(『조선문학』 등단. 한국문인협회 하남지부 회장)

싱그러운 봄 향기를
송두리째 잃어버린 위기
총체적 난국
연둣빛 잎새를 무자비하게 뭉개 버리고
아무것도 알지 못하는 안개 속의 시간

낯선 세상을 만난 듯 갈피를 못 잡고
급기야 소소한 일상마저 내어주고
온 세상 모두 펜데믹으로 당혹했다.

이를 어째? 애태우며 안타까움에 떨고
마스크로 입을 막고
어이없이 쓰러지는 열기의 기침소리
무엇이길래
귀한 생명을 정지시키는가

그러나
당당히 이겨낸 용기와 자신감 앞에서
우리의 봄꽃은 다시 핀다.

새봄의 기지개로
한조각도 남김없이 태워 재로 날리고
오월의 수국이여
모진 바람 이겨낸 청보리여
모든 삶들이 함성 높여 응원의 깃발을 든다.

그것은
방호복 천사들의 땀과 눈물
고귀하고 아름다운 희생의 손길인
정성어린 사랑의 힘이었다.

다시 찾은 소중한 행복
자신을 지키는 이름에 출발선에서

이겨내리라,
찾으리라.
감사함에 기도로 두 손 꼭 잡으리라.

포스트 코로나

김원식(한국문인협회 홍보위원장. 시집 『사각바퀴』 외)

스스로를 안다는 것은 오래된 의지다
플랫폼시대 지구의 희망은 기도뿐일까
호흡기만 공략하는 바이러스 해커들
절댓값을 추구하는 AI의 미래상처럼
4차산업 혁명의 폐부를 겨냥하고 있다
소리 없는 전쟁 코로나의 무차별 살육,
사면초가의 지구는 통곡으로 침묵하고
불신의 목을 비틀어 공포의 키를 키웠다
겉으로는 바이러스 박멸을 외치면서도
폐쇄된 국경엔 책임 공방만 창궐하고
욕망의 배설로 얼음장처럼 금이 간 지구,
바이러스에겐 그 때가 혁명의 기회였다

자연에 더부살이하는 욕망에 대한 경고
경고는 재앙 이전의 슬로건이고 배려다
배려에 대한 망각은 종말일지도 몰라
자연의 미생물인 인간의 희망은 고작,
고립무원의 한낱 이슬방울 같은 존재
다시, 폼페이 최후의 날이 오기 전까지
사람들은 자연의 절대자로 군림하며
영웅담 속 망각의 성에 갇혀 살거야
스스로를 안다는 것은 오래된 의지,
코로나 이후의 희망은 자연뿐이라고
내가 쓴 절망의 역설은 팍스 코리아다

코로나19의 간격

김찬식(한국문인협회 해양문학연구위원, 부산문협 부회장. 시집 『나 홀로 버티기』 외)

긴밀하여 무너진다 성긴 돌담이 무너지지 않는 것은 돌과 돌 사이 바람구멍이 있어서다 악보의 쉼표도 연주이듯이 간격의 틈은 단단한 메움이고 세움이다 사랑은 간격이 없다 압력추 없는 밀폐의 오류, 압축 되어가는 감정의 잔여물 석별의 전초가 아니던가 사랑보다 긴 우정은 편집되지 않는 간격으로 서로간의 적당한 거리 때문이다 코로나19의 이격거리는 가까우면 죽고 멀어지면 산다 뭉치면 죽고 흩어지면 사는 생존을 위한 울혈로의 신음, 사회적 거리두기 어차피 흩날릴 봄날의 낙화인 것을 이격거리 없는 죽음의 간격으로 절명을 불사한다면 이별 아닌 것이 없는 저물어 갈 나날에 한번쯤 횃불 타오르는 사랑도 찰진 사랑일 게다

레퀴엠 -코로나19

손은교(한국문인협회 복지위원, 부산문인협회 이사. 시집 『바람愛피다』 외)

악마의 神이 바빠서 올 수 없을 때 지상으로 대신 보내는 게 술이라는 알코올도 유유히 건재한 내력인데 바이러스 위력이 내방한 지구촌은 태어나 제일 먼저 배운 말, 침묵하라는 엄중한 수행이고 손바닥 눈금 닳도록 열중히 안식을 위한 기도의 음표는 글루밍블루스이다 곁바람조차 머물지 못한 거리두기로 지천의 꽃들마저 저 혼자 피고 지는 봄날, 떨어진 꽃잎처럼 어쩌면 신의 경고일지도 모를 가슴에 힘겨운 화인 수북이 찍으며 저마다 눈물로 키운 섬 하나 쓰다듬고 있다 마음자리만은 올올 뜨겁게 가까워라는 눈빛들이 블루스 블루스 哀歌로 청아롭기까지한 저 暗影의 울혈!

지금은 거리두기 중 -코로나19

박분필(『시와시학』 등단. 시집 『산고양이를 보다』 외)

눈 뜨면 여기저기로 뿔뿔이 흩어져야 했던 가족들
한 둥지 안에서 한동안 갇혀 지낼 수밖에 없는
지금은 어쩔 수 없는 사회적 거리두기 중

불안과 고통 그리고 슬픔과 아픔
그 시간 속에도
행복이란 것이 숨어있더라

아이들은 아기새처럼 엄마가슴에 머리를 파묻다가
저들끼리 서로 얼굴을 부비기도 하는

멸종위기의 브라질 바다거북은 오랜만에 새끼거북들을
데리고 여행객이 사라진 모래밭을 가로질러
바다 쪽으로 행군하기도 하는

조용해진 동물원 새장에도
많은 아기 새들이 부화했다는 소식이 들려오더라

뭔가를 물어오기 위하여
꿀벌처럼 날아다녔던 나를 돌아보면서

화창한 봄 잣나무 숲이
둥지 속 아기새들의 실내음악을 기다리듯이
지금은 조용히 좋은 계절을 기다리지는 중

어떤 술래

정호(『웹진 시인광장』 편집위원. 시집 『비닐꽃』 외)

그는 지독한 외사랑이다 천덕꾸러기인 줄 알면서도 철면피처럼 달라붙는다 눈에 띄지도 않으면서 항상 사람을 좋아하여 아무나 붙잡고 놓아주지 않는다 잘났건 못났건 남녀노소 가리지 않는다 술래 하나 주저앉히면 술래 노릇 그것으로 끝나지 않는다 아무나 가까이 있기만 하면 몰래 검색하여 술래 또 하나 만든다

비가 오나 눈이 오나 밤낮도 없이 계속 술래를 잡는다 버스도 무임승차하고 공항 검색대의 방역도 뚫고 세계적으로 세계의 적이 된다 만 명도 넘는 술래를 주저앉히고 목숨까지 앗아가는 술래. 음식점 교회 콜센터 클럽 노래방 학원 돌잔치 술래는 어디건 숨어있다 사람 많이 모이는 곳 귀신같이 알고 혼자 몰래 술래잡기를 한다 잡힌 술래는 또 다른 술래잡이에 나선다

그렇게 신출귀몰해도 못 찾는 술래가 있다 술래 눈엔 보이지 않게 하는, 번번이 허탕 치게 하는, 아하! 이놈의 마스크란 술래 눈엔 백태를 끼게 하는 요술 나는 오늘도 나 잡아 봐라란 듯 요술주머니 하나 입에 달고 지하철을 탄다

작은 위안이 되었으면

이 영 철
(청어출판사 대표, 한국문인협회 이사)

지금 대한민국을 비롯한 지구촌은 큰 시련을 겪고 있다. 코로나바이러스로 이웃과 국가간의 단절상태가 지속되고, 수많은 사람들이 고통 속에 죽어가고, 선진국이라 불리던 나라들도 속수무책으로 무너져 내리고 있다.

한때 대한민국도 무너져 내리기 일보직전까지 갔지만 질병관리본부의 신속한 대처, 의사협회를 비롯한 헌신적인 의료인, 자발적으로 개인의 고통을 감수하며 적극 참여해 준 국민들로 인해 '코로나 방역 모범국가'로 거듭났다. 대부분의 나라들이 폐쇄와 격리를 거듭할 때, 우리는 자유롭지만 엄정한 질서를 외치며 빼어난 성과를 냈다. 높은 국민의식으로 세계에서 유일하게 '사재기 열풍'도 없었다.

전 세계적으로 진단키트와 마스크가 절대적으로 부족한 상황에서 우리는 6·25전쟁 참전국과 참전용사, 해외 동포와 입양아들을 먼저 챙겼다. 해외 입양아가 성인이 되어 생각지도 않은 마스크를 받고 눈물 짓던 모습과 어느덧 90살이 넘은 해외 참전용사가 환하게 웃던 모습을 보며 가슴이 뭉클했다. 어떤 피치 못할 아픈 사연이 있어 해외로 입양돼 어쩌면 지금껏 부모와 나라를 원망했을지도 모르는 그들, 낯선 먼 나라에 와서 전우들이 죽어가는 모습을 지켜보며 목숨 걸고 싸웠을 그들…

뉴스에서 국군간호사관학교 제60기 신임 간호장교 75명 전원이 임관식 직후 국가의료재난 최일선인 대구로 달려가는 모습과 땀에 흠뻑 젖은 방호복을 벗는 의료인의 이마에 붙어있는 반창고를 보며, 정은경 질병관리본부장이 인터뷰 중 잠은 얼마나 자느냐는 기자의 질문에 염색도 못한 핼쑥한 모습으로 "그래도 하루에 한 시간 이상은 잡니다"라는 말에 가슴이 먹먹해져 왔다.

이번에 출간한 『코로나? 코리아!』는 한국문인협회 시인들이 주축이 됐다. 이 시집이 지금 이 시간에도 현장에서 묵묵히 최선을 다하고 있는 질병관리본부 임직원과 모든 의료인과 행정적으로 적극 지원해 준 해당관청과 위대한 국민들에게 작은 위안이 되었으면 한다.

다함께
이겨내요

코로나? 코리아!
이광복 외

발행처·도서출판 **청어**
발행인·이영철
책인편집·이혜선
편집위원·김해빈 송세희 전정희

제작판매·도서출판 **청어**
대　표·이영철

등　록·1999년 5월 3일
(제321-3210000251001999000063호)

1판 1쇄 발행·2020년 7월 10일

주소·서울특별시 서초구 남부순환로 364길 8-15, 동일빌딩
대표전화·586-0477
팩시밀리·0303-0942-0478

홈페이지·www.chungeobook.com
E-mail·ppi20@hanmail.net
ISBN·979-11-5860-859-0(03810)

잘못 만들어진 책은 바꿔 드립니다.

『코로나? 코리아!』에 수록된 작품에 대한 모든 책임은 필자에게 있습니다.
이 책에 실린 시는 통상 기준으로 통일하여 편집하였으므로 원작과 일부 다를 수 있습니다.

이 도서의 국립중앙도서관 출판시도서목록(CIP)은 서지정보유통지원시스템 홈페이지(http://
seoji.nl.go.kr)와 국가자료공동목록시스템(http://www.nl.go.kr/kolisnet)에서 이용하실 수
있습니다.(CIP제어번호: CIP2020024574)